ASCHE

Für Mama.

www.weltenbruch.de

Bibliografische Information der Deutschen National-bibliothek: Die Deutsche Nationalbibliothek verzeichnet diese Publikation in der Deutschen Nationalbibliografie; detaillierte bibliografische Daten sind im Internet über dnb.dnb.de abrufbar.

© *2019 Daniel Gama da Silva Cunha Spieker*

Covergestaltung: Luca Marie Koster

Herstellung und Verlag: BoD – Books on Demand, Norderstedt

ISBN: 978-3749484638

Einige Passagen in diesem Buch behandeln verstörende Inhalte.

Inhalt

Nichts zu holen

»Jimmy! Jim! Du Wichser, wach auf! Jim!«
Immer wieder hämmerte Hunter wie ein Bekloppter gegen meine Apartmenttür. Ich wälzte mich in meinem Bett herum, aber es nützte nichts. Hunter wurde man nicht los. Irgendwann stand ich auf.
»Du kriegst den Zehner nächste Woche verdammt!«
»Wusst ich doch, dass du da bist.«
»Wo auch sonst?«
»Genau deshalb.«
»Ich hab kein Geld Hunter. In einer Woche krieg ich Stütze.«
»Darum geht's nicht. Scheiß auf den Zehner. Mir geht's um viel mehr.«
Eine kurze Pause entstand und ich überlegte, ob er mich verarschte.
»Jetzt lass mich rein, verdammt.«
»Warte – ich zieh mich an.«
Ungeschickt griff ich nach meiner Jeans, zog sie hoch, zog den Gürtel fest. Dann sah ich mich nach einem Shirt um, das nicht kaputt oder schmutzig war. Ich entschied mich für ein schmutziges.
Ich löste die Türkette, machte auf und Hunter stürmte vorbei.
»Scheiße, ich hatte 'nen Geistesblitz.« Er roch nach Alkohol. »Wir sind ja früher in Häuser eingestiegen. Warum jetzt nicht mehr?«
Ich seufzte. »Komm mal mit.«
Ich zog ihn an das Fenster und wir sahen zusammen raus.
»Asche«, sagte ich. »Alles Asche.«
Ein Hinterhof, in dem Poker gerade in einer Mülltonne wühlte, und hinter den Häuserwänden die Fabrikschlote.

»Da is' nichts zu holen.«

»Nein, ich mein Krotsch.«

»Krotsch?« Mein Gehirn brauchte einen Moment, um den Namen irgendwem zuzuordnen. Dann klärte sich mein Blick auf. »Der Laden ... Ecke Papierfabrik.«

»Genau. Der hat zugemacht.«

»Wann das?«

»Erhängt. Irgendwann. Is' auch nich' wichtig.«

»Dann holen wir den guten Schnaps halt auch im Supermarkt.«

»Es hat schon ein neuer aufgemacht, da wo der alte war. So ein schmieriger Wichser. Aus der Hauptstadt hat einer erzählt. Tom sagte, er is' 'ne Schwuchtel.«

»Und weiter?«

»Der führt den Laden allein und macht Patte ohne Ende. Du weißt ja: Geistesblitz. Ich war so bei Mike und dachte so: Scheiße, dieses Leben hab ich nicht verdient. So isses doch. Wir haben dieses Leben nicht verdient.« Ich nickte. »Dann bin ich raus, zu dem Laden. Hatte schon zu, aber ich hab durchs Schaufenster gesehen, wie er das Geld aus der Kasse in einen Sack stopft. Bis oben hin war der voll. Und der macht einfach nur die Tür zu 'nem anderen Raum auf und schmeißt das Geld da rein.«

»Was für'n Raum? Da gab's doch nie 'nen Raum. Einkaufen, zahlen, verpissen.«

»Doch! Vielleicht hat Krotsch die Tür versteckt. Scheiße, ist doch egal ... Also der Typ hat halt die Tür aufgemacht und den Beutel reingeworfen. Dann isser gegangen.«

»Einfach reingeworfen? Ist das 'n Safe?«

Hunter schüttelte den Kopf. »Halt doch mal die Fresse, bis ich fertig bin. Also. Wir gehen rein und holen das Geld.«

Ich wartete einige Sekunden ab, erwartete das noch irgendetwas kam.

»Machst du mit? Stehst Schmiere? Ich geb dir 'nen Drittel ab.«

Für einen Moment überlegte ich. Ich ging zum Kühlschrank, holte zwei Dosen Bier, gab eine Hunter und machte mir selbst eine auf.

»Wann?«

»Morgen. 23 Uhr.«

»Holst du mich ab?«

»Jaja, mach ich.«

Er sah mich noch kurz an und verpisste sich dann mitsamt der Bierdose und ich hängte die Türkette wieder ein. Es war lange her, dass wir irgendwas durchgezogen hatten. Aber bisher hatten wir jedes größere Ding gemeinsam gemacht. Das war eben so. Jim und Hunter. Hunter und Jim.

Wie viel Uhr war es? Es war dunkel. Konnte 19 Uhr sein oder 3 Uhr nachts. Ich entschied mich nach unten zu gehen und eine Schachtel am Automaten zu ziehen.

Ich zog meine Latschen an und ging raus auf die Straße. Einzelne Autos, schlecht besuchte Lokale, Fabrikschlote, die unaufhörlich Rauch ausspuckten. Wenn ich mit 60 noch hier bin, hab ich komplett versagt, dachte ich. Der Automat war keine hundert Meter weiter.

Ungeschickt schob ich fünf Euro in den Schlitz. Immer wieder spuckte das scheiß Ding den Fünfer aus. Nichts zu holen. Ich strich ihn glatt, versuchte es wieder und wieder. Irgendwann gab sich der Automat geschlagen und spuckte mir eine Schachtel E&B aus. Erst wollte ich direkt zurückgehen, aber auf halber Strecke entschied ich mich um. Es wäre nicht schlecht, sich selbst ein Bild von dem Laden zu machen.

Er war keine Viertelstunde entfernt, also ging ich los. Warum hatte Hunter erst morgen losgewollt?

Der Laden hatte einen neuen Anstrich bekommen und war nun vollkommen gelb, zigarettendreherhändegelb. Kein Licht, nur die Straßenlaterne gab mir etwas

Einblick.

Alles war so geordnet. Nicht normal geordnet, sondern richtig manisch. Alles stand in Reih und Glied – keine Abweichungen. Regelmäßige Abstände.

Ich schritt an der Fensterscheibe auf und ab, achtete auf irgendwelche Schutzmaßnahmen und hielt kurz nach der Tür Ausschau, von der Hunter erzählt hatte. Tatsächlich gab es eine. Ich rauchte, während ich weiter nach Überwachungskameras oder Alarmanlagen Ausschau hielt. Wegen des dämmrigen Lichts der Straßenlaternen hatte ich allerdings kaum Einblick. Ich schlenderte zurück nach Hause und legte mich ins Bett.

Mein Smartphone vibrierte. Es dauerte ein paar Sekunden bis ich so wach war, dass ich die Zeichen auf dem gesplitterten Display entziffern konnte. Vater am Telefon. Ich drückte weg, stand auf und sah nach draußen.

Kopfschmerzen. Noch einmal sah ich auf mein Smartphone. 13 Uhr. Zumindest.

Ich überlegte mal wieder hinzufahren, zu meinem alten Herrn. War genauso am Ende wie ich. Eine Einzimmerwohnung, kein Job, keine Chance. Als Alice ihn wegen dem Alkohol sitzengelassen hatte, hatte er erst richtig angefangen. Jeder stirbt allein, dachte ich.

Ich zog mich an, sammelte meine restlichen Klamotten ein und stopfte sie in eine Tüte. Bis 23 Uhr war noch massig Zeit.

Ich überlegte, ob ich wieder zu einer der Fabriken gehen sollte. Nicht heute, nicht morgen, aber bald.

Hier und da ein bisschen bescheißen war an der Tagesordnung, aber das war kein Geschäft. Und kein Geschäft war wie dieses.

Die Tüte war brechend voll mit Klamotten und ich ging ins Treppenhaus. Irgendwer fickte in einer der Erdgeschosswohnungen und ich war auf dem Weg zum

Waschsalon. Konnte mir auch Besseres vorstellen.

Ein grauer Klotz in dem Leute und Waschmaschinen gleichermaßen ins Leere starrten. Ich stopfte meine Klamotten in eine freie Maschine, holte am Automaten etwas Waschpulver, bezahlte, stellte mich draußen hin und rauchte.

Nach zwei Zigaretten entschied ich mich zum Laden zu gehen. Ich wollte mir das nochmal ansehen. Am Ende gab es irgendwelche Überwachungskameras und wir wären nach ein paar Minuten gefickt.

Als ich die Tür des Ladens aufmachte, läutete ein Glöckchen. Das Geschäft war belebt, viele Leute standen herum, redeten über Gott und die Welt, sahen sich die Flaschen an und kauften ab und an etwas.

Hinterm Tresen stand der Besitzer. Sein Gesicht glich einem Stück Plastik. Kein Barthärchen, keine Pickelnarben, glatt.

Ich schlenderte durch die Reihen und sah mich nach versteckten oder sichtbaren Kameras um und nach anderen Schutzmaßnahmen.

Als ich gerade so tat, als würde ich mir eine Flasche ansehen, um mich dabei im Augenwinkel umzusehen, ertönte plötzlich eine Stimme hinter mir: »Kann ich etwas für Sie tun?« Ich erschreckte mich so sehr, dass mir fast die Flasche aus der Hand fiel. Es war der Besitzer. Seine Stimme war weich; nicht wie die Stimmen, die man sonst in der Gegend hörte.

»Nein, nein, ich seh mich nur um.«

»Sie sind Weinliebhaber?«, fragte er und ich sah auf die Flasche. Irgendein Rotwein. 1990.

Ich stellte die Flasche zurück, ging nicht auf die Frage ein.

»Kann ich Ihnen eine Probe anbieten?«

Plötzlich hatte er ein Glas vor sich und drückte es mir in die Hand. Ich trank einen Schluck. Ich verstand nicht viel von Wein, aber er schmeckte mir.

»Danke«, nuschelte ich, gab das Glas zurück und lächelte schief. Sein Blick durchdrang mich. Ich fühlte mich unbehaglich. Gruseliger Wichser. »Ich schau mich nur ein bisschen um.«

Er nickte und verschwand wieder.

Ich nahm noch die Tür in Augenschein. Täuschte mich mein Gedächtnis? Ich hatte immer gedacht, dass dort nichts war.

Einen Moment überlegte ich nach der Klinke zu greifen, ließ es aber dann doch bleiben und ging weiter. Nach kurzer Zeit hatte ich meinen Rundgang beendet, kaufte zwei Dosen Bier und ging zurück zum Waschsalon. Nach einer weiteren Viertelstunde war ich wieder zu Hause und hing die Wäsche auf. Danach legte ich mich aufs Bett und schlief noch etwas.

»Jimmy!« Hunter klopfte wieder wie ein Verrückter. »Jim, wach auf!«

»Warte!«

Ich rappelte mich auf und ging zur Tür, entriegelte sie und ließ ihn reinkommen. Er hatte sein Werkzeug in einer Sporttasche mit.

»Können wir los?«

»Jau«, sagte ich.

»Zieh dir was anderes an. Einen Kapu oder so.«

Ich sah auf den Wäscheleinen nach und zog den erstbesten über mein Shirt. Dann gingen wir los. Auf dem Weg rauchten wir noch eine Zigarette. Hunter spielte in seiner Tasche mit dem Werkzeug herum. Ich war nervös. In diesem Geschäft war das auch immer wichtig. Man blieb wach und aufmerksam.

Auf den Straßen war kaum noch jemand unterwegs und zwei Gestalten in Kapuzenpullis waren in dieser Gegend nichts Besonderes. Die Straßenlaternen spendeten schummriges Licht. Ich war nachts nie gern draußen. Warum auch immer.

Als wir in die Straße des Ladens einbogen, wurden wir beide reflexartig langsamer. Ein ungutes Gefühl stellte sich mehr und mehr ein, je näher wir dem Laden kamen. Niemand war zu sehen. Ohne zu zögern, begann Hunter, an der Tür herumzuhantieren. Ich stand Schmiere. Ich schwitzte und wischte mir über die Stirn. Es war scheißkalt draußen.

Nach einer knappen Minute war die Tür offen.

»Dann schauen wir ma'.« Hunter ging hinein. Er war leise, ich hörte kaum, wie er sich im Laden bewegte.

Ich zündete mir eine Zigarette an und wartete. Auf der anderen Straßenseite schlenderte ein Mann, aber schien mich nicht zu beachten. Trotzdem beschleunigte sich mein Herzschlag. Als die Zigarette geraucht und Hunter immer noch nicht zurück war, bekam ich Angst. Wo blieb er?

Nach einer weiteren Zigarette ging ich vorsichtig hinein.

»Hunter?«, sagte ich halblaut. Dann ging ich durch einen Gang voller Spirituosen zu der ominösen Tür. Ich schob den Ärmel über meine Hand und drückte dann die Klinke herunter.

Es war hell in dem Raum. Hunter war nirgends zu sehen.

Der Raum war nicht besonders groß und komplett weiß. Die Wände. Die Decke. Der Boden. Nur eine Ausnahme. Mir gegenüber ein unnatürliches Feuer in einer Einbuchtung. Ich spürte keine Hitze und ging näher heran.

Im Feuer sah ich zerschmolzene Münzen und an den Rändern einige Fetzen. Geldscheinreste. 100. 50. Ein paar Zehner. Noch ein Fünfziger. Sie lagen dort, als wäre es das Normalste auf der Welt, rotzten mir ins Gesicht.

Erst jetzt bemerkte ich die leeren Säcke in der Ecke des Raumes. Was war in diesem scheiß Laden los?

Ein Geräusch hinter mir. Die Eingangstür war auf- und dann zugegangen. War Hunter wieder weg?

Ich wendete mich von dem Kamin und den Säcken ab, drehte mich um und wollte wieder verschwinden, doch wie aus dem Nichts stand der Ladenbesitzer vor mir und starrte mich an. Sein Blick war durchdringend, wütend. Einen Augenblick lang regte er sich nicht und dann spuckte er auf den Boden, schüttelte den Kopf und verließ den Raum.

Ich stand einige Zeit perplex da. Es war vollkommen still. Totenstill. Ich zitterte.

Irgendwann verließ ich das Zimmer, zog die Tür hinter mir zu, schlich an der Seite entlang.

Niemand schien mehr hier zu sein.

Wo war Hunter? Ich wollte nicht rufen oder weiter nach ihm sehen, also verließ ich das Gebäude.

Was passierte in diesem Laden? Machte das Plastik- gesicht Geld, um es zu verbrennen? Welcher Vollidiot würde so etwas tun? Mit dem Typen stimmte irgendwas nicht, so viel stand fest. Warum hatte er so dagestanden und war einfach verschwunden? Es war irreal. War das wirklich passiert?

Ich nahm einen anderen Weg nach Hause als sonst, weil ich das Gefühl nicht loswurde, beobachtet zu wer- den. Vielleicht wartete Hunter dort, weil er dachte, ich hätte mich verpisst.

Ich ging wieder auf die Straße, ein paar Blocks weiter zu seiner Wohnung. Wie auch meine Wohnung war sie ein Teil eines Haus mit mehreren anonymen, gleichge- schnittenen Dreckslöchern. Die Tür zur Straße war vor Jahren aufgebrochen worden; niemand hatte sie richtig repariert.

Ich lief die Stufen nach oben bis zum vierten Stock, klopfte an Hunters Tür, doch bemerkte schnell, dass sie nur angelehnt war. Vorsichtig ging ich hinein und drückte die Tür hinter mir zu.

»Hunter, bist du da?«

Keine Antwort. Es war still. Ein Wasserhahn tropfte. Es kam aus dem Badezimmer.

Ich hatte ein flaues Gefühl im Bauch, als ich darauf zuging. Die Tür stand offen, durch ein Fenster schien eine Straßenlaterne herein.

Scheiße. Was zur Hölle war passiert?

Hunter lag in seiner Badewanne.

Sein Kopf war nur noch ein zerfetztes Etwas. Neben der Wanne lag ein Revolver.

Ich zitterte. Diesmal waren wir zu weit gegangen. Diesmal waren wir dumm gewesen.

»Scheiße Hunter«, sagte ich. Er hatte sich nicht umgebracht, er war nicht der Typ dafür. Aber wer war schon der Typ dafür? Irgendeine verrückte Scheiße ging hier ab.

Es klopfte an der Wohnungstür. Ich zuckte zusammen. Das war das Ende. Jemand würde mich holen. Er. Dieser schmierige Wichser. Sein Blick schien durch die Tür in mich zu dringen.

Wieder ein Klopfen; energischer.

Hunter ließ sich gar nichts mehr anmerken und saß in der Wanne. Erst jetzt bemerkte ich, dass es kein Wasser war, worin er lag. Es waren Scheine. Tausende Geldscheine. Der Anblick ließ mich nicht gierig werden. Diesmal nicht.

Ich war der Nächste, das war sicher.

Es klopfte noch einmal.

Ich blieb im Badezimmer. Ich hatte das Gefühl, dass es sonst nur noch schneller gehen würde.

Wieder das Klopfen. Es wurde lauter. Es ging zu Ende.

»Scheiße Jim«, sagte ich.

Ich stieg in die Wanne, brachte mich in eine Position, die halbwegs bequem war.

Klopfen.

Ich starrte auf die blutige Masse, wo mal Hunters Gesicht gewesen war, hörte das Klopfen, welches lauter und lauter wurde.

Ich griff in meine Hosentasche, holte eine letzte Zigarette hervor und rauchte.

Scheiße.

Schutzengel

Ich habe keine Angst. Ich weiß, dass ich überleben werde. Bisher habe ich es immer geschafft. Zwölf Mal konnte ich dem Tod schon ein Schnippchen schlagen. Und auch dieses Mal werde ich es.

Die Wichser haben mich an die Gleise gekettet und in nicht einmal zwei Minuten kommt der Zug. Wegen läppischen sechstausend Euro.

Ein Moment der Panik, aber ich beruhige mich wieder, denn ich weiß, dass sie kommt.

Mein Schutzengel. Sie kommt immer. Es dauert nur noch einige Sekunden. Hoffe ich ...

Ich sehe etwas im Augenwinkel und drehe den Kopf in die Richtung.

Da kommt sie; so blass, als könnte ein Windhauch sie vertreiben.

Jedes Mal, wenn sie gekommen ist, um mich zu retten, bin ich sprachlos gewesen, aber dieses Mal will ich endlich verstehen.

Sie kommt zu mir und löst meine Ketten. Ich stehe auf, reibe mir die Gelenke. Ihr Gesicht ist ausdruckslos. Für einige Momente schaut sie mich an, dann dreht sie sich wieder und geht davon.

»Warte!«, rufe ich.

Sie wendet sich zu mir und sieht mich an. Eine unterschwellige Irritation liegt in ihrem Gesicht.

Ich steige über das Geländer, da der Zug herannaht und ich ihr so näher bin.

»Kannst du sprechen?«, frage ich sie.

»Ja«, sagt sie mit einer fremdartigen Stimme.

»Warum hilfst du mir?«

»Dieser Tod ist nicht schlimm genug.«

Dann wendet sie sich wieder ab und ich wünsche mir, ich läge noch auf den Gleisen.

Kino

Als ich 15 wurde, teilten sich die Leute, die ich kannte, in zwei Gruppen. Die, die jedes Wochenende weggingen, rauchten, tranken und Zeug nahmen, und die, die zu Hause blieben. Ich gehörte zur ersten Gruppe.

Am Wochenende entweder bei einem Kumpel zu Hause oder in der Stadt. Häufig auch beides. Wir waren ständig bei Marvin, er hatte mit 17 schon eine eigene Einzimmerwohnung, in der teilweise bis zu zehn Leute übernachteten. Irgendwelche problematischen Familienverhältnisse hatten ihn in diese glückliche Situation getrieben.

Ich hatte zu der Zeit schon einige Erfahrungen gemacht, wollte aber noch einige mehr machen; ein paar mehr Drogen ausprobieren, mein erstes Mal haben. Es wurde langsam Zeit; ich hatte das Gefühl total hinterherzuhinken.

Auch unter der Woche war ich oft bei Marvin, zu Hause war nichts los. Wir spielten Videospiele, rauchten, tranken ein paar Bier. Wir hatten sogar eine Band gegründet; Marvin, ich und noch zwei andere, Bolko und David, den alle nur *Fettie* nannten, aber in einem halben Jahr hatten wir vielleicht dreimal zusammen geprobt.

Es war ein gutes Leben für einen Fünfzehnjährigen.

Wir saßen gerade bei Marvin und er rief noch bei ein paar Leuten an, um abzuklären, um wie viel Uhr wir uns in der Stadt treffen würde, als es klingelte.

Marvin runzelte die Stirn. »Kommt noch wer?«

»Hast wen eingeladen?«

»Nein, glaub nicht, du?«

»Ne.«

Er ging zum Türspion, sah hindurch, grinste breit und öffnete die Tür.

»Pasci! Was machst du denn hier?«

»Geschäftlich. Ich dachte, ich besuch meinen Cousin mal.«

Marvin hatte von Pascal schon öfter erzählt. Er war 20 Jahre alt und leitete ein kleines Unternehmen für Softwarekram, von dem niemand wirklich etwas verstand. Interessanter für Marvin war allerdings eher, dass er immer gut versorgt war.

Marvin schloss die Türe hinter Pascal.

»Hast was dabei?«

»Lass mich doch erst mal ankommen«, sagte Pascal lächelnd, zog seinen Mantel aus und warf ihn neben mir auf die Couch.

»Ach – Pascal, Michael; Michael, Pascal«, stellte Marvin mich vor und Pascal nickte mir zu.

»Gutes Zeug, sag ich dir, ein Kumpel von mir hat angefangen anzubauen, seine erste Ernte ist raus. Krasses Silver Haze. Riech mal«, sagte er, öffnete das Plastiktütchen und hielt es Marvin unter die Nase.

»Wenn das Ott so geil ist, wie's riecht, dann ...«, sagte dieser.

Pascal nickte.

Er ließ sich neben mir auf die Couch fallen, legte den Beutel Gras auf den Tisch, zog Longpapes aus seiner Tasche und legte sie ebenfalls dazu.

»Wollen wir's nicht in die Bong hauen?«

»Nah, ich mach das nicht mehr; keine Bong. Weißt du noch Kevin?«

»Jau.«

»Lungenflügel umgeklappt. Keine Bong.«

»Okay, ist dein Zeug.«

»Keine Sorge, ich lass euch was für später da.«

Ich hatte erst ein paar Mal Gras geraucht, aber es war bisher immer ganz angenehm gewesen.

Das erste Mal hinter einer Mauer, wenige Meter vom Schulhof entfernt. In der Regel reagieren die Leute auf drei Arten: Entweder sie übertreiben total oder sie merken gar nichts oder sie kotzen. Ich übertrieb. Mittlerweile war das aber normaler geworden.

»Hat wer Tabak?«, fragte Pascal.

»Ja, Moment«, sagte ich, zog den E&B-Drehtabak aus meiner Hosentasche.

»Ist 'n bisschen trocken«, sagte ich.

»Macht nichts. Noch irgendwas für'n Tip?«

Marvin riss ein Stück eines Taschenbuchumschlags ab.

»Etwas dick, oder?«

»Passt schon.«

Nach kurzer Zeit war der erste Joint gebaut.

»Wer will?«

»Bauer ist Hauer«, sagte Marvin und Pascal holte sein Feuerzeug raus, um ihn anzurauchen.

»Ich sag denen mal, wir kommen eine halbe Stunde später.« Marvin tippte auf seinem Handy herum.

Das Gras war noch besser als gedacht und ich spürte nach einer knappen Viertelstunde, wie sich der süße Schmerz in meinem ganzen Körper ausbreitete und die Welt gleichzeitig dumpfer und intensiver wurde.

Als der Joint sein Ende im Aschenbecher fand, holte Pascal einen Rasierspiegel aus seinem Mantel und verteilte darauf etwas Pulver.

»Ist das Koks?«, fragte ich.

»Speed. Wollt ihr was?«

»Nein danke, ich bleib beim natürlichen Zeug«, sagte Marvin.

»Ich würd gern«, meinte ich.

»Hast du schon mal gezogen?«

»Nein, wie wirkt das?«

»Macht dich wach. Klar im Kopf. Hab jede meiner scheiß Prüfungen in der Schule so geschrieben.«

»Muss ich irgendwie aufpassen?« Ich wollte ausprobieren, aber nicht vollkommen unüberlegt.

»Ne, da kann nichts schiefgehen – ich mach dir mal 'ne kleine Line.« Er zog seine Krankenkassenkarte heraus und schob ein wenig von dem Pulver hin und her, bis eine schmale Line übrigblieb. »Du ziehst es rein und lässt es dann drin. Du willst dir wahrscheinlich ein Taschentuch holen, aber dann isses verschwendet. Erst in fünf Minuten, okay?«

»Okay.«

Er machte eine Pause, schob dann den kleinen Spiegel vor mich und wartete.

»Womit soll ich ziehen?«, fragte ich.

»Geldschein – komm schon.«

Ich zog einen Fünfer aus meinem Portemonnaie, rollte ihn zusammen und zog die Line vorsichtig vom Spiegel. Ein leichtes Brennen breitete sich in meiner Nase aus.

Wenige Augenblicke später bemerkte ich, dass ich tatsächlich wacher wurde. Und ich hatte richtig Lust, irgendwas zu machen, irgendwas zu unternehmen.

»Ich muss los – ich lass euch bisschen Gras da«, sagte Pascal und stand auf.

»Jetzt schon?«

»Morgen Kundengespräch.«

Er drückte mir noch ein winziges, metallenes Behältnis in die Hand; so, dass Marvin es nicht sehen konnte. Ich war etwas verwirrt, steckte es aber in meine Hosentasche.

Wir fuhren eine halbe Stunde später in die Stadt und es war ein krasses Gefühl – total wach, alles wirkte klarer und intensiver, mein Gehirn schaltete unglaublich schnell.

Die Leute waren längst in der Kneipe – sie hieß *Justus*. Wir stießen hinzu, sahen uns um. Es war eine große Gruppe, sicher zwölf Leute, und bis auf David und Bolko kannte ich niemanden, aber das störte mich nicht. Irgendwie wollte ich die ganze Zeit rauchen.

Zu der Runde gehörten fünf Mädels und sieben Typen, alle zwischen 15 und Anfang 20. Wir gingen häufig ins *Justus,* weil sich der Kneipenbesitzer einen Dreck um das Alter seiner Kunden scherte.

Ich bestellte ein Pils und der Abend ging gut voran. Viel Alkohol, derbe Geschichten und Witze. Ein Abend wie jeder andere, nur mit dem Unterschied, dass ich ein unfassbares Redebedürfnis hatte.

Als ich auf Toilette war, wollte ich herausfinden, was Pascal mir überhaupt gegeben hatte. Das kleine metallene Ding war konisch geformt und man konnte es aufschrauben. Darin war etwas Weißes. Der Chemiegeruch stieg mir in die Nase. Ein bisschen wie Waschmittel. Hatte er mir tatsächlich noch ein bisschen Speed mitgegeben?

Ungeschickt kippte ich ein bisschen auf meine Hand und zog es so weg, dass die Hälfte auf den Boden fiel und sich mit der Pisse und dem Bier auf den Fliesen vermischte.

Mein Herzschlag beschleunigte sich weiter und ich verließ lächelnd das Klo. Alles war so verdammt klar. Es war ein seltsames, aber unglaubliches Gefühl.

»Ich geh eine rauchen«, sagte David irgendwann, stand auf und ich, zwei Mädchen und noch zwei Kerle folgten ihm nach draußen. Es tat gut Rauch zu inhalieren.

Mir fielen die Mädchen ins Auge, das eine mit blonden, das andere mit braunen Haaren, die fast denselben Braunton hatten wie meine. Die Blonde wirkte irgendwie total verschüchtert.

Das braunhaarige Mädchen rauchte Blue Lady Zigaretten und stand abseits; den Filter konnte man auf hundert Meter erkennen. Ich bemerkte erst nach ein paar Sekunden, wie ich sie anstarrte, aber sie hatte es anscheinend nicht mitbekommen.

David und die anderen gingen nach ihrer Zigarette

recht schnell rein, aber das Mädchen rauchte langsam, ich ebenfalls – vielleicht auch mit Absicht.

Ich stellte mich zu ihr.

»Mit wem bist mitgekommen? Hab dich in der Gruppe noch nie gesehen.«

»David hat mich eingeladen, kenn ihn aus der Schule.«

»Ach, du gehst auch auf das Mischam-Gymnasium?«

»Jap.«

»Ich bin Michi«, sagte ich.

»Laura«, erwiderte sie lächelnd.

Wir redeten und lachten zusammen, während wir einige weitere Zigaretten rauchten.

»Irgendwie hab ich Lust was zu machen«, sagte ich; das Speed sprach aus mir.

»Lass uns ins Kino gehen«, sagte sie.

»Wie meinst du?«

Es gab nur ein Kino in der Stadt, welches mittlerweile zugemacht hatte.

Der sogenannte *Unelma Lux – Filmpalast* war schon immer eine Bruchbude gewesen – auch als er noch geöffnet hatte.

Es gab das Gerücht, dass man, wenn man zu lange auf den Sitzen saß, irgendwann Aids bekam.

Vor fünf Jahren hatte es dann schließen müssen und war seitdem der Schandfleck der Stadt.

»Lass uns reingehen, sieh's als Abenteuer.«

»Du meinst echt wir sollen da einfach rein?«

»Ja. Komm schon.«

Mir war mulmig bei dem Gedanken, aber in meinem Kopf malte ich mir schon aus, wie wir in einem guten Dutzend Stellungen fickten, allein weil sie auch nur ein minimales Interesse an mir zu haben schien.

»Sollen wir den anderen Bescheid sagen?«

»Die vermissen uns schon nicht«, sagte sie und wir liefen zum Kino.

Das *Unelma* war nur ein paar Straßen entfernt. Wir liefen auf der Hauptstraße, quetschten uns zwischen den Leuten hindurch, und ich hatte immer noch das Gefühl, alles intensiver wahrzunehmen. Dann bogen wir in eine Seitenstraße, in der das große Kino stand, ein graues Gebäude; der Anstrich war schmutzig.

Die Plakate von früher waren immer noch nicht abgehängt worden und ich erinnerte mich, als ich eines davon genauer betrachtete, wie ich damals in den Film *Mechanische Missgeburten* gegangen war – hatte mich irgendwie dort reingeschmuggelt. Auch andere Filme wie *Ein gutes Leben* oder *Ausgelöscht,* eine Neuverfilmung, hatte ich damals gesehen. Ich war zu der Zeit häufig ins Kino gegangen.

»Wie sollen wir da reinkommen?«, fragte ich Laura.

»Der Haupteingang ist sicher zu.«

»Komm mit«, meinte sie und zog mich zum Nebeneingang, der etwas abseits lag.

»Abgeschlossen«, sagte ich nachdem ich an der gläsernen Tür gerüttelt hatte.

»Tritt gegen das Glas, dann kommen wir rein.«

»Du meinst ...«

»Komm schon.«

Irgendetwas in ihrer Stimme brachte mich dazu, das zu tun, was sie sagte. Ich war 15. Ein fünfzehnjähriger Dummkopf.

Nach einem gezielten Tritt zersplitterte das Glas und wir wichen zurück; glücklicherweise wurden wir von keiner Scherbe getroffen.

Geduckt traten wir durch die Öffnung und befanden uns am Fuß einer Treppe, die nach oben in den größten Kinosaal führte. Die Treppe war mit einer Art Teppich überzogen, der überall Flecken aufwies und teilweise lag sogar noch verschimmeltes Popcorn herum.

An der Seite hingen Plakate alter Filme; *Psychosis, Penpal, NoEndHouse.* Klassiker halt, aber die guten.

Wir stiegen nach oben zu einer Doppeltür mit billigen, abgewetzten Messinggriffen, hinter der sich das Innere des Kinosaals befand. Spielerisch hielt ich ihr die Tür auf, eine eher witzig als ernstgemeinte Geste. Sie huschte durch die Tür und ich musterte ihren Arsch – etwas zu lange, denn sie hatte meinen Blick bemerkt, grinste aber nur.

Mein Gesicht fühlte sich heiß an und ich war froh, dass sie sich direkt wieder abgewandt hatte. Mein Puls raste sowieso schon durch das Speed und das Weed, aber die Bilder in meinem Kopf trieben ihn noch weiter in die Höhe.

Der Kinosaal war groß und die Lampen an der Seite leuchteten, was mich verwirrte; wer zahlte das? Es roch modrig und abgestanden. Keine zwei Schritte neben mir zeichnete sich ein großer Fleck auf dem Boden ab und aus irgendeinem Grund musste ich an eine geplatzte Fruchtblase denken.

Ich drehte mir eine Zigarette und ließ meinen Blick dabei über den zwar schmutzigen, aber immer noch imposanten Vorhang gleiten.

»Was nun?«, fragte ich, nachdem ich meine Zigarette angezündet hatte.

»Wie wäre es mit einer«, sie lächelte, »Privatvorstellung?«

Ich war mir im ersten Moment nicht ganz sicher was sie meinte und wartete einfach ab.

»Ein Film, nur für uns zwei?«

»Ach so klar, natürlich«, sagte ich und zog nochmal an meiner Zigarette.

»Ich glaube da drüben ist der Projektor. Ich bin gleich wieder da«, sagte sie. »Mach's dir schon mal bequem.«

Ich hatte irgendwie das Gefühl, dass ich heute tatsächlich eine Chance haben könnte. Ich ließ mich in einen der Kinosessel fallen, der nicht total verranzt aussah. Als sie aus dem Raum verschwunden war, zog ich meinen Geldbeutel heraus und kontrollierte, ob ich ein Kondom dabeihatte – natürlich hatte ich das, aber ich wollte sichergehen.

Ich wartete darauf, dass irgendetwas passierte. Immer wieder drehte ich mich um und wollte sehen, ob sie gerade durch eine der Türen zurückkam, obwohl ich es sicher gehört hätte. Ich wurde ungeduldig, stand wieder auf. Ich musste mich bewegen, das Speed wollte, dass ich mich bewegte.

Ich ging die Reihen auf und ab und fühlte mich immer bescheuerter. Als die Lichter gedimmt wurden und sich der Vorhang öffnete, hatte ich das Gefühl, schon stundenlang zu warten. Gleich würde sie zurückkommen. Vielleicht würden wir uns während des Filmes küssen und es würde wirklich mehr werden. Wenn sie nicht interessiert gewesen wäre, hätte sie mich wohl kaum bis hierher geschleppt.

Ich wartete auf ein Geräusch, irgendetwas, aber abgesehen davon, dass sich der Vorhang geöffnet hatte, passierte nichts.

Die Zeit verstrich zäh und ich lief immer weiter zwischen den Sitzreihen hin und her. Ich wollte irgendetwas machen. Rumsitzen ging einfach nicht. Auf und ab. Auf und ab. Auf und ab.

Wo blieb sie? Ich wurde ungeduldig. Ich ging in Richtung der Tür, hinter der sie verschwunden war, aber sie klemmte.

»Laura?«, rief ich. Keine Antwort.

War sie deswegen nicht reingekommen? Aber ich hätte doch gehört, wenn sie an der Tür gerüttelt hätte?

Mit einem festen Tritt versuchte ich die Tür aufzutreten, aber es wollte nicht klappen. Weitere Versuche ließen die Tür zwar wackeln, aber öffnen konnte ich sie dadurch nicht.

Vielleicht war Laura mittlerweile wieder rausgelaufen, also ging ich zur Doppeltür, durch die wir gekommen waren. Auch sie klemmte.

Als ich mich gerade abwandte, sah ich, dass der Raum heller geworden war. Ein Bild wurde auf die Leinwand projiziert. Ein Waldstück.

Kein Standbild, die Äste wiegten sich minimal im Wind. Mehrere Bäume und ein einfacher Weg.

Was für ein Film war das?

Ich starrte irritiert auf das Bild, in der Erwartung, dass sich gleich etwas ändern würde, aber da passierte nichts.

Der Raum füllte sich mit dem Rascheln der Blätter und dem Knacken der Zweige. Ich hatte das Gefühl den Wald riechen zu können.

Ich trat näher an die Leinwand, aber es wirkte nicht unscharf oder abstrakt oder so etwas in der Art – selbst als ich nur noch wenige Meter davon entfernt war. Mit einigen Schritten trat ich noch näher heran und kletterte auf den Vorsprung vor der Leinwand. Das Bild wirkte immer noch nicht falsch. Es wirkte so real.

Ich schloss die Augen und war immer noch irritiert, als ich sie wieder öffnete. Was ging hier vor sich?

Ich schritt auf dem Vorsprung auf und ab, wollte eine Unschärfe, irgendetwas erkennen, aber es war rein gar nichts zu sehen.

Ich griff in Richtung der Leinwand, aber meine Hand glitt einfach hindurch; ich spürte eine Brise zwischen den Fingern. Was war das?

Ich konnte doch nicht ... das konnte doch nicht.

Ich schritt hindurch und befand mich in einem Wald. Ich roch ihn, ganz klar, ich konnte ihn spüren, den Wind, alles.

Was passierte hier?

Ich stand zwischen großen Tannen und überall waren winzige Tannennadeln auf dem Boden verteilt.

Als ich mich umdrehte, konnte ich zurück in den Kinosaal sehen. Mein Herzschlag beschleunigte sich noch einmal und es schlug immer und immer schneller. Es begann wehzutun und ich konnte nicht anders, als mich auf den Waldboden zu setzen. Noch schneller, noch schneller und es fühlte sich an, als würde das verdammte Ding in meiner Brust gleich explodieren. Ich atmete seltsam, unregelmäßig.

Panik. Todesangst. Angst zu sterben. Und niemand konnte mir helfen.

Nach einigen Minuten wurde es besser, aber ich hatte Angst, dass es gleich wieder anfangen würde. Was passierte hier, was ging hier vor sich?

Ich rappelte mich wieder auf, war total erschöpft, aber ich musste wissen, was hier vor sich ging!

Die Bäume knarzten, überall knackte und raschelte es. Durch den Platz zwischen den Tannen konnte ich nur Teile des Waldes sehen, winzige Ausschnitte, die auf größere Distanz schon nicht mehr erkennbar waren.

Der Trampelpfad führte nach oben und ich stieg langsam hinauf, hinter mir immer noch der Kinosaal, als wäre er rechteckig in die Landschaft hineingeschnitten worden. Der Wald bestand nur aus Tannen. Alles wirkte verlassen, grausam, tödlich konfus.

Ich folgte dem Weg weiter und er schien sich endlos in die Länge zu ziehen, doch irgendetwas drängte mich dazu, immer weiter nach oben zu gehen. Was blieb mir denn auch anderes übrig?

Nach einiger Zeit erkannte ich oben etwas Steinernes; es wirkte gebaut, nicht natürlich. Ich lief schneller, doch irgendwie kam ich nicht näher. Schließlich rannte ich, atemlos, doch ich kam nicht näher.

Dann stoppte ich, stützte meine Hände auf die Knie und schloss die Augen. Ich war zu erschöpft, um weiterzurennen.

Als ich die Augen wieder öffnete, war die steinerne Konstruktion direkt vor mir.

Ich stolperte einige Schritte zurück. Das war falsch.

Nachdem ich mich etwas gesammelt hatte, sah ich mir die Konstruktion genauer an. Es war eine Art Fünfeck, mit geradlinigen, drei Meter hohen Klötzen angezeigt, auf die abstrakte Muster eingemeißelt waren. Ich verstand die Zeichen nicht, verstand nicht, welche Bedeutungen ihnen hinterlagen; sie wirkten zu fremdartig, aber auch zu unregelmäßig, um wirklich eine Sprache bilden zu können.

Ich trat an einem der Klötze vorbei, um einen Blick auf das Innere des Fünfecks zu erhaschen. Eine ebenfalls fünfeckige Grube war dort ausgehoben worden und von insgesamt fünf Fackeln an den Ecken umringt, die die Form noch einmal unterstrichen.

Ich ging näher heran, um zu sehen, was sich in der Grube befand und konnte nur Erde erkennen. Braun in Braun.

Doch dann eine unscheinbare Stelle. Ein Haarschopf. Dunkelbraune Haare.

So wie Laura ... Nur ein winziger Teil war zu erkennen.

Ich sprang in die Grube und begann wie ein Verrückter mit den Händen in der Erde zu graben und legte immer mehr von der Haut eines Gesichts frei.

Doch das war nicht Laura. Das war mein Gesicht.

Ich stolperte zurück und fiel in den Dreck. Was war das?

Diese ganze Welt ... Alles wirkte irreal, ich wollte, dass es vorbei geht. Das war zu viel.

Und dann spürte ich etwas; Blicke auf mir.

Ich drehte meinen Kopf etwas nach oben und sah eine Gestalt am Rand der Grube. Ich hielt den Atem für einige Sekunden an.

Sie war groß, stand in einer weiß schimmernden Robe da. Ihr Gesicht war verdeckt von einer Pestmaske, wie man sie aus Venedig oder von Tattoos kannte.

Sie stand nur da und starrte mich an, schien nicht zu

atmen, nicht wirklich zu leben. Die Brise, die die Zweige in Bewegung hielt, bewegte die Robe der Gestalt nicht im mindesten, obwohl der Stoff dünn und leicht zu sein schien.

Ich stand auf, vorsichtig, stolperte ein paar Schritte zurück, die Kreatur noch immer im Blick. Dann sah ich wieder auf den Kopf, den ich ausgegraben hatte, der Kopf, der meiner sein musste und erbrach mich beinahe, als er die Augen öffnete und das Gesicht vor Anstrengung verzerrte, während er den Mund langsam mit einem Knacken aufsperrte.

Ich stolperte wieder, konnte nicht mehr klar denken, während ich beobachtete, wie dieser Mund, mein Mund, sich langsam noch weiter aufsperrte, unnatürlich weit. Ohne dass sich der Mund bewegte, drang eine Stimme aus ihm.

»Keine gute Idee hier zu sein. Keine gute Idee hier zu sein«, sagte der Kopf, schüttelte sich, klappte den Mund wieder zu.

Ich sah wieder hoch zu der Kreatur mit der Pestmaske und schluckte. Ihre riesigen Hände waren von schwarzen Handschuhen umhüllt. Langsam, schlurfend kam sie auf mich zu, stieg zu mir herab. Hastig kletterte ich aus der Grube, die sich vergrößert zu haben schien. Der Kopf starrte mir nach und die Kreatur mit der Pestmaske kam immer näher. Immer wieder rutschte ich an der Erdwand ab, aber schaffte es dennoch nach oben.

Ein Wind pfiff durch den Wald und plötzlich schienen von überallher hörte ich den Wald: Das Knacken der Zweige, das Rascheln der Blättern, so laut, dass ich Angst hatte jeden Moment angefallen zu werden.

Ich sah mich um, versuchte zu erkennen, woher die Geräusche kamen, aber da war nichts. Meinen Blick von dem Wesen abzuwenden, war keine gute Idee gewesen. Die Kreatur mit der Pestmaske stand nun direkt vor mir und ihre leeren Augen schienen mich aufzufressen.

Ich lief langsam rückwärts, die Kreatur im Blick, vom Steinkreis weg; sie stand nur da, sah mich durch die Maske an, ausdruckslos, doch gleichzeitig unendlich höhnisch.

Ich stolperte, schloss für einen Moment meine Augen und dann stand sie wieder vor mir.

Was war das? Ich musste irgendetwas tun, das musste aufhören!

Ich griff nach der Maske und der Robe, zerrte daran, doch kaum einen halben Gedanken später packte sie mich und schleuderte mich durch die Luft auf den Waldboden. Ich gab einen erstickten Schmerzensschrei von mir und schnappte nach Luft.

Erst nach einigen Sekunden konnte ich mich wieder bewegen und rappelte mich schwerfällig auf. Ich musste zurück, zurück durch die Leinwand. Das hier war kein Ort für mich.

So schnell ich konnte, rannte ich wieder zurück nach unten, versuchte zur Leinwand zu gelangen. Ich drehte mich nicht um, wusste, dass die Kreatur dastehen würde. Ich rannte und rannte und rannte und rannte und rannte. Meine Lunge presste sich zusammen und Schmerzen durchdrangen jeden Winkel meines Körpers. Die Leinwand war keine 20 Meter mehr entfernt. Ich rannte schneller. Die Leinwand war keine 20 Meter mehr entfernt. Noch schneller. Keinen Millimeter kam ich näher. Es war sinnlos.

»Gib's auf, gib's auf«, hörte ich mich selbst von oben rufen, aber es fühlte sich an, als wäre er dicht hinter mir. Der Wald wurden noch lauter, die Geräusche krochen in meinen Kopf.

»Gib's auf, gib's auf!«

Ich hatte keine Chance. Es würde enden.

Ich stoppte abrupt.

Ich spürte den Griff auf meinen Schultern und sackte in mich zusammen. Vor meinen Augen war der Weg in

meine Welt. So nah. So unendlich weit weg.
Keine 20 Meter mehr entfernt.

Ich wachte auf der Straße auf. Neben dem Eingang zum Kino. Es war späte Nacht.
Der Kirchturm läutete. 3 Uhr.
Ich sah mich um. Die Straße rein und leer, die Kinotür kein bisschen beschädigt. Mein Kleidung war sauber, obwohl ich so oft in den Dreck gefallen war.
Ich schaute auf mein Handy. Mehrere Nachrichten; Marvin, der fragte, wo ich war.
Ich dachte nicht, dass es eine gute Idee wäre, ihn jetzt anzurufen, aber ich wollte, ich musste mit irgendwem sprechen. Was war passiert?
Ich kam eine gute Stunde später bei ihm zu Hause an, öffnete die Tür mit dem Zweitschlüssel unter der Fußmatte und legte mich direkt schlafen. Ich versuchte es zumindest. Es ging nicht.
Ich hatte keine Verletzungen, nichts, aber trotzdem; das war alles so real gewesen.

Als Marvin aufstand saß ich immer noch auf der Couch und starrte ins Leere.
»Was war los gestern?«
Ich schüttelte nur den Kopf.
»Hast du die Nummer von David?«
Laura wäre die Antwort. Sie war dabei gewesen.
»Klar, Moment.«
Er diktierte die Nummer und ich ging nach draußen, um David anzurufen.
»Hey David, hast du einen Moment?«
»Es ist 10 Uhr – ist's wichtig?«
»Nur ganz kurz.«
»Was gibt's?«
»Laura, das Mädchen, das du gestern mit zur Kneipe genommen hast; hast du ihre Nummer?«

»Welche Laura? Ich hab niemanden mitgebracht.«

»Hast du sie nicht eingeladen?«

»Nein, ich kenne keine Laura, also, keine mit der ich irgendwann was zu tun hatte. Ist alles okay? Du klingst scheiße.«

Ich legte einfach auf, sprach noch einmal mit Marvin, ob ihm das Mädchen aufgefallen war, aber eine Laura kannte er nicht und auch meine Beschreibung weckte keine Erinnerung. Laura gab es nicht. Das alles existierte gar nicht.

Was war das für ein scheiß Zeug gewesen?

Ich ging nach Hause und versuchte, dort ein wenig zur Ruhe zu kommen. Ich fühlte mich in Sicherheit und fand dann tatsächlich ein paar Stunden Schlaf.

Am nächsten Morgen wurde ich von meinem Vater geweckt, der durch die Tür rief: »He, steh auf, du hast Schule ... Michael, steh auf!«

Es war Montag.

»Jaja.«

Schule schien mir so irreal, aber alles wirkte schon wieder geregelter, nicht mehr absurd, nicht mehr gefährlich. Irgendwelches Drecksszeug; ziehen würde ich bestimmt nicht mehr. Keine Ahnung, was es gewesen war, Speed jedenfalls nicht, davon halluzinierte man nicht; so viel wusste ich.

Ich duschte, zog mich an, packte meine Tasche und ging nach unten, schlüpfte in meine Schuhe.

Die Bushaltestelle war keine 5 Minuten entfernt. Normalerweise wäre ich müde gewesen, aber der Gedanke an das Kino und an das, was passiert war, hielt mich wach. Immer wieder fragte ich mich, ob das real gewesen war, ob das wirklich passiert war.

Der Bus bog schon in die Straße, als ich mich entschied statt zur Schule zurück zum Kino zu gehen.

Alles war normal. Alles war in Ordnung. Ein dummer

Traum, ein mieser Trip, sonst nichts; das wollte ich begreifen. Ich musste das alles nochmal sehen.

Es dauerte fast eine halbe Stunde bis ich vor dem Seiteneingang des Kinos stand. Die Glastür war immer noch ganz und abgeschlossen. Nachdem ich mich kurz umgesehen hatte, trat ich zu.

Diesmal war es schwieriger, aber nach einiger Zeit zersplitterte das Glas doch und ich lief die Treppen nach oben. Niemand hatte mich bemerkt. Bei der Tür zum Kinosaal hatte ich Angst, dass sie sich wieder schließen würde und klemmte deswegen meine Schuhe in den Spalt darunter. Ich kam mir lächerlich vor; als würde das irgendetwas ändern.

Die Lichter waren an, der Vorhang offen.

Ich ging langsam an den Sitzreihen vorbei und stellte mich vor die Leinwand, wartete, dass irgendetwas passierte. Trat näher heran, wollte sehen, dass sich irgendetwas ändert. Doch die Leinwand blieb leer.

Was hatte ich erwartet?

War das alles eine Halluzination gewesen, alles irreal und falsch?

Langsam ging ich vor der Leinwand auf und ab, suchte etwas, einen Beweis oder Gegenbeweis, meine Augen huschten über den Stoff, den Boden, die Stühle.

Ich hatte es längst aufgegeben, als ich eine winzige Unregelmäßigkeit auf dem Teppichboden ausmachen konnte. Ein Schritt darauf zu. Ich hob es auf.

Eine Tannennadel.

Alles war real gewesen. Alles.

Mein ganzer Körper verkrampfte sich, als ein zweiter Gedanke mich ereilte.

Diese Tannennadel war nicht zufällig dort.

Jemand hatte gewusst, dass ich sie finden würde; dass ich hierher kommen würde, alles absuchen und schließlich die Tannennadel auf dem Boden finden würde.

Jemand hatte gewusst, dass ich mit Laura mitgehen würde, dass ich warten würde, geil und dumm, dass ich in die Leinwand treten würde.

Irgendjemand hatte all das gewusst.

Alles war geplant gewesen.

Sündensteine

Gestorben. Dann doch.

Keine Religionsgemeinschaft, keine Diät, keine Kryonik, kein Wiederbelebungsvertrag konnte mich retten.

Scheiße.

Ich stehe in einer grauen Ebene. Vor mir und neben mir überall kleine schwarze Würfel.

»Es ist so weit, du bist tot«, sagt eine Stimme hinter mir.

Ich drehe mich um, aber da ist niemand.

»Ich habe keine Gestalt, die du sehen könntest, such mich nicht.«

»Was bist du?«

»Dein Wegebner. Jeder Stein ist eine deiner Sünden. Um befreit zu werden, musst du deinen Berg abtragen.«

»Und dann?«

»Dann ist der Weg frei. Dann bist du frei.«

»Der Berg ist riesig!«

»Jede Sünde wird irgendwann bestraft. Du hast einfach viele Sünden begangen. Fang an, deinen Sündenberg abzutragen. Niemand sagt, dass es einfach ist.«

Er hat recht. Ich muss das tun.

Es ist unangenehm. Ich weiß nicht warum, aber dieser ganze Ort erweckt in meinem Innersten Ekel. Ich will so schnell es geht hier weg. Also gehe ich zu dem ersten Würfel und hebe ihn an. Er ist unglaublich schwer und nur mit äußerster Anstrengung kann ich ihn überhaupt vom Boden lösen. Ich keuche und schaffe es ihn so anzuheben, dass ich ihn tragen kann.

Während ich ihn trage, verstehe ich, wofür dieser Stein steht. Es ist plötzlich in mir, ein fundamentaler Gedankengang. Dieser Stein ist mein erster Ehebruch.

Der zweite Stein ist viel leichter, ein gemeiner Satz gegen jemanden.

Alle sind gleich groß, aber unterschiedlich schwer.

Die Zeit vergeht, aber um mich herum ändert sich nichts. Ab und an rufe ich: »Bist du noch da?« Und manchmal bekomme ich eine Antwort, aber die Gespräche sind kurz, künstlich, trotzdem tut es gut ab und an eine Stimme zu hören.

Langsam, ganz langsam wird der Hügel kleiner, Stück für Stück. Es fühlt sich an, als wären Jahre vergangen, Jahre in denen ich nicht geschlafen oder gegessen oder gefickt habe. Nur diese Steine. Stein um Stein.

Der Schmerz, den ich anderen zugefügt habe, aufgeschichtet.

Aber irgendwann, irgendwann schaffe ich es und unter der untersten Schicht bricht ein Licht hervor. Ein strahlendes Licht.

»Ich hab es gleich geschafft!«, rufe ich.

»Mach weiter! Gib nicht auf!«

Ich starre auf das Licht, es ist so warm und gleißend. Ich weiß, dass das mein Ziel ist.

Noch ein Stein, noch einer. Irgendwann ist die Öffnung so groß, dass ich hineinsteigen kann.

»Danke! Ich gehe jetzt«, rufe ich, doch dann höre ich schnelle Schritte und sehe, dass eine schattenhafte Gestalt mich erreicht und zur Seite wirft.

»Das ist jetzt meine Passage«, sagt sie noch und springt hinein.

Der Zugang schließt sich.

Ich starre atemlos auf die kahle Stelle, die makellos zurückgeblieben ist, als ob da nie etwas gewesen wäre.

Das war mein Zugang, einfach genommen. Wer war das gewesen?

Weil ich nicht weiß, was ich sonst tun soll, fange ich an, zu wandern. Die graue Ebene erstreckt sich endlos und die meiste Zeit ist nichts zu sehen, so wenig, dass ich das Gefühl habe, auf der Stelle zu gehen.

Doch irgendwann, ganz in der Ferne, sehe ich einen dunklen Berg. Und tatsächlich: Ein weiterer Haufen.

Als ich ihn erreicht habe, bin ich mir sicher, dass er der Gestalt gehört hat. Er ist gigantisch, ein Berg, unbezwingbar. Dagegen war mein Haufen ein Kinderspiel – und er musste ihn nicht einmal abtragen.

Ich packe den ersten Quader und hebe ihn zur Seite. Dann setze ich mich auf den Würfel und denke nach, starre den Berg an. Die Spitze sehe ich nur verschwommen, so hoch ist er.

Ich stehe wieder auf und gehe los.

Lieber finde ich irgendeinen Trottel, als *diesen* Berg abzutragen.

Kloster

Leander drückte die Tür zu dem verwitterten Bahnhofsgebäude von Niederbach auf. Als er dort im Halbdunkel stand, sah er, dass es draußen zu regnen begonnen hatte. Er drehte sich um, verwirrt, aber auch hinter der Tür, durch die er reingekommen war, regnete es. Als hätte das Betreten, das Durchschreiten der Tür, den Regen verursacht.

Der Bahnhof war verlassen – nur noch leere Räume hinter Glas zeugten von früheren Verkaufsstellen. Seine Gedanken formten flüchtige Ideen, wie es einst ausgesehen haben könnte. Vielleicht hatte dort einmal ein Imbiss und dort drüben ein Tabakladen gestanden.

Er blickte noch einmal nach draußen. Der Regen war stärker geworden, prasselte gegen das Glas der beiden Türen. Den plötzlichen Wetterumschwung konnte er sich nicht erklären. Kein guter Start für die Unternehmung. Da dachte er wieder an sein Zuhause und an seine Hunde, Happy und Flecki. Hoffentlich kümmerte man sich in der Pension gut um die beiden.

Er schaute auf seine Uhr. 19:57 Uhr. Um 20 Uhr sollte er von einem Fahrer abgeholt werden, so hatte man es ihm versichert.

Gelangweilt stellte er seinen Rollkoffer auf und fummelte an seiner Hemdtasche herum. Ungelenk zog er eine Zigarette heraus und zündete sie an.

»Kann ich auch eine haben?«, ertönte eine Stimme aus dem Dunkeln und Leander erschreckte sich so sehr, dass er die Zigarette fallen ließ. Für einen Moment blickte er sich verwirrt um, bis er einen Mann sah, der sich aus der Dunkelheit löste. Ein Obdachloser, ungepflegt, mit fleckigen Klamotten.

»Wollt Sie nich' erschrecken«, sagte dieser und hob beschwichtigend die Hände.

Leander bückte sich, hob die glimmende Kippe auf und rauchte weiter. Wortlos zog er eine weitere Zigarette aus seiner Hemdtasche und drückte sie dem Obdachlosen in die Hand.

»Danke. Kann ich noch Feuer haben?«

»Rauchen kannst du aber selbst«, sagte Leander wie aus Reflex. Ein Spruch aus seiner Jugend. Der Obdachlose lachte, während Leander ihm das Feuerzeug gab.

»Merlin heiß ich«, sagte er und gab Leander das Feuerzeug zurück. »Was machen Sie hier?«

»Arbeit«, sagte Leander knapp.

Er war Schätzer und sollte hier in Niederbach für ein Unternehmen den Wert eines Kloster schätzen. Über das Kloster wusste er nicht viel, lediglich dass es seit mehreren Jahren verlassen war und gewisse Verträge ausliefen, sodass es bald in den Privatbesitz und damit auch Privatverkauf übergehen würde.

»Arbeit?«, fragte Merlin. »Was gibt es hier für Arbeit für einen von außerhalb? Sind Sie so ein Unternehmensberater?«

»Schätzer.«

Der Obdachlose nickte. »Scheinen ein guter Mann zu sein. Die Leute hier sind auch nett, zumindest soweit ich das bisher mitbekommen hab.« Er zog an der Zigarette und fügte – als wollte er seinen Satz konkretisieren – hinzu: »Bin selber noch nich' lang hier.«

Leander nickte.

Gerade als eine peinliche Stille entstand, öffnete sich die Tür und ein kleiner Mann kam herein, dürr, mit nervösen Schweineaugen. Er wirkte grotesk.

»Leander Tremens?«, fragte er, noch halb in der Tür.

Leander warf die Zigarette weg und ging auf ihn zu, folgte ihm nach draußen, nachdem er sich mit einem Wort von Merlin verabschiedet hatte.

»Pisst wie die Hölle«, sagte der Fahrer, während sie auf einen hellen Kleinwagen zuschritten, der nicht wirklich zu dem Mann passte. Zusammen verstauten sie den Koffer auf der Rückbank und setzten sich dann ins Auto.

»Scheiß Wetter«, bekräftige der Fahrer noch einmal und hielt Leander dann seine Hand hin. »Kevin. Kevin Dano. Aber Sie können mich Herr Dano nennen.«

Nachdem er das gesagt hatte, lachte er schrill, als hätte er den Witz des Jahrtausends gemacht.

Leander reichte ihm stirnrunzelnd die Hand.

»Ihren Namen kenn ich ja«, sagte er, startete den Motor und fuhr los. »Große Sache – Kloster und so. Ich mein, sonst wär ich ja nicht Ihr Fahrer.« Er lachte erneut. »Entschuldigen Sie die kleine Verspätung, war noch nie hier, komm von ein paar Dörfern weiter weg her, beim Kussmaultal, sicher kaum 'ne Stunde von hier, aber hier gibt's ja kaum was Interessantes, also warum herfahren?«

Der Mann redete wie ein Wasserfall und schien gar keine wirklichen Antworten zu wollen, ab und zu schaute er herüber – nur als Bestätigung, dass er noch zu jemand anderem und nicht nur zu sich selbst sprach.

»Das Kloster kenn' ich aber – kann man selbst bei uns noch sehen, aber nur manchmal, wenn es ein sonniger Tag ist«, sagte er und zeigte in die Richtung.

Leander beugte sich etwas vor, um seinem Finger zu folgen. Er konnte das Klostergebäude selbst im Regen noch recht gut ausmachen – ein großes Gebäude mit einer Art Anbau.

Nach einiger Zeit kamen sie auf einem Parkplatz an, der für elf Autos Platz bot, und stiegen aus. Der Regen tobte noch immer und er schien sich zu einem heftigen Sturm zu entwickeln.

»Bis morgen dann«, sagte Herr Dano.

»Bis morgen«, sagte Leander, wollte sich abwenden, doch dann sah er, dass der Fahrer immer noch dastand und ihn mit seltsamen Blick ansah. »Ist etwas?«

»In der Regel geben die Leute Trinkgeld.«

Kopfschüttelnd zog er einen Fünfer aus seiner Tasche und drückte ihn dem Fahrer in die Hand.

»Schlafen Sie gut«, sagte Herr Dano, stieg wieder ins Auto und fuhr weg.

Leander zog seinen Koffer zum Hotel. Für einen Moment glaubte er etwas im Augenwinkel zu bemerken. Er sah noch einmal kurz zum Kloster und einen Augenblick lang schien es zu blitzen oder zu glänzen. Minimal, kaum wahrnehmbar.

Er schaute kurz zum Gasthaus, dann wieder zu dem alten Gebäude, aber das schwache Blitzen war verschwunden. Kopfschüttelnd ging er schnellen Schrittes auf den Hoteleingang zu. Die kurze Verwirrung hatte vor allem eines verursacht – seine Klamotten waren komplett durchnässt.

Er öffnete die Tür zu dem Gasthaus und ihm schlug eine dichte Wärme entgegen. Es roch nach Essen und Bier. Aus den hinteren Bereichen konnte er Gespräche hören. Vor ihm, an der Rezeption, war allerdings niemand zu entdecken.

Die Inneneinrichtung war rustikal gehalten. Landschaftsbilder an den Wänden, einfache Teppiche – ein rechtskonservativ-heimeliges Ambiente.

Er drückte die Tischglocke und wartete einen Moment lang ab. Nichts. Immer noch gedämpfte Stimmen von weiter weg, aber nichts, was sich auf ihn zu bewegte.

»Hallo?«, fragte er halblaut.

Er zog seine Augenbrauen zusammen, nicht verärgert, nur ein wenig genervt. Er ließ den Koffer allein und ging an der Rezeption vorbei, zu dem Bereich in dem die Gäste wohl aßen – ein länglicher Raum, links und rechts Tische und Stühle, gleichförmig, dazwischen manchmal eine Kommode mit Plastikblumen.

Eine Tür führte von dem Korridor in einen weiteren Raum; aus diesem kamen die Geräusche.

Er sah jemanden nahe des Türrahmens stehen, dieser stützte sich mit beiden Händen auf einen Stuhl und schien fröhlich mit mehreren Leuten im Nebenraum zu sprechen, die Leander aber nicht sehen konnte.

Er sah nicht aus wie ein Kellner, aber auch nicht wie ein Gast. Als hätte er den Blick von Leander bemerkt, drehte sich der Besitzer kurz zur Seite, verabschiedete sich und kam dann zu ihm.

»Ich hoffe, ich habe Sie nicht zu lange warten lassen – war meine Frau bei Ihnen?«

»Nein, ich ...«

»Maria!«, rief der Mann. »Oh, hab mich noch gar nicht vorgestellt. Idid. Pascal Idid. Sie sind der Schätzer, oder?«

Leander nickte.

»Wie lang bleiben Sie eigentlich? Die Firma sagte bis Samstag.«

»Vielleicht etwas länger – nicht viel länger, aber ein bisschen möglicherweise.«

»Oh«, sagte der Besitzer tonlos und schien etwas hinzufügen zu wollen, doch als Schritte näherkamen, brach er seinen Gedanken ab. »Maria, da bist du ja. Darf ich vorstellen – meine Frau; Maria.«

Leander drehte sich um und sah in das Gesicht einer Frau Anfang der Dreißiger. Seine Frau? Der Besitzer war um die sechzig Jahre alt. Es schien eines *dieser* Paare zu sein.

»Unser Gast – Herr Tremens, der Schätzer«, sagte der Besitzer und sie schaute ihn fast unterwürfig an.

»Ich erledige das sofort«, sagte sie.

Herr Idid nickte Leander noch zu und ging dann wieder.

»Kommen Sie mit, Herr Tremens – man hat uns über Ihre Ankunft informiert«, sagte die Frau des Besitzers.

»Mein Koffer steht noch an der Rezeption, ich werde ihn schnell ...«

»Nein, das mach ich schon, warten Sie hier.«

Keine Minute später kam sie zurück, den Koffer im Schlepptau und zeigte auf einen Nebengang, den er vorher nicht gesehen hatte.

»Folgen Sie mir.«

Leander lief ihr hinterher. Der kurze Gang führte zu den Toiletten, dann weiter zu einer Milchglastür. Hinter der Tür war eine Treppe, die nach oben führte, in einen weiteren Gang. Bis zum Ende des Ganges gingen sie, dann schloss Maria eine Tür auf.

»Fühlen Sie sich wie zu Hause«, sagte sie und ließ Leander vorbei.

Ein großes Zimmer mit Aussicht auf andere Häuser und ein paar Gärten und ein gemütliches Bad – sogar mit Badewanne. In einem bestimmten Winkel hatte er auch Blick auf das Klostergebäude.

»Falls Sie irgendetwas brauchen – geben Sie nur Bescheid.«

Leander nickte und die Frau gab ihm den Zimmerschlüssel.

»Vielen Dank«, sagte er.

»Möchten Sie noch etwas essen?«

»Danke, aber ich werde mich gleich hinlegen.«

»Dann schlafen Sie gut«, sagte die Frau lächelnd.

»Werde ich. Sie auch«, gab er zurück und sie verließ den Raum.

Während im Fernsehen ein Programm für geistig Retardierte lief, wurde er immer und immer müder, bis er schließlich einschlief.

»Der Hotbutton brennt! Rufen Sie jetzt an. Das könnte Ihre Chance auf 200 Euro sein!«, schrie ein übereifriger Moderator und weckte Leander unsanft. Es war nicht einmal 7 Uhr.

Wer schaut sich so etwas um diese Uhrzeit an, dachte er. Wer schaut sich überhaupt so etwas an, fügte er noch in Gedanken hinzu, schaltete den Fernseher aus und zog sich an. Er war kein Teil dieser Zielgruppe, das wusste er und es war im wichtig, das zu wissen.

Heute würde er zum Kloster fahren und die ersten Schätzarbeiten durchführen. Ein erster Eindruck quasi. Unten gab es ein reichhaltiges Frühstücksbuffet. Während er zwei Brötchen mit Käse, einen frischen Orangensaft und ein Croissant bearbeitete, beobachtete er aus dem Augenwinkel die wenigen anderen Gäste. Eine Kleinfamilie. Wenn er sich nicht irrte, waren es die Leute, mit denen der Besitzer gesprochen hatte. Dann noch ein einzelner älterer Mann und zwei junge Frauen ein paar Tische weiter – vermutlich Studentinnen, schätzte er. Aus dem Radio kam ruhiges Gedudel.

Als er sich gerade aufsetzen wollte, um noch einmal nach oben zu gehen, kam der Besitzer auf ihn zu.

»Guten Morgen.«

»Ja?«

»Ich soll Ihnen etwas von Herrn Dano etwas ausrichten.«

»Was gibt es?«

»Im gestrigen Sturm wurde die Straße zum Kloster blockiert – sieht so aus, dass es erst morgen wieder frei sein wird.«

Alles verzögerte sich.

»Danke für die ... Information«, sagte Leander und ging nach oben. Während er nachdachte, ließ er sich von dem redundanten Vormittagsprogramm berieseln.

Nur zweimal schaute er wirklich zum Fernseher – jeweils eine kurze Bildstörung; das Bild war schnell nach hinten gezuckt und hatte sich orange verfärbt. Es irritierte ihn etwas, aber er tat es als unwichtig ab. Es war schließlich auch nicht das neueste Modell.

Er musste trotz des Sturms erste Informationen sammeln. Er konnte ja nicht einfach auf Kosten der Firma seine Zeit vertrödeln. Im Rathaus und der Bibliothek würde er beginnen.

Er packte Stift und Schreibblock, ging nach unten, sprach noch einmal mit der Frau des Besitzers und ließ sich die Abfahrtzeiten des Busses beschreiben, sowie die Haltestellen an denen er aussteigen müsste.

»Das Rathaus macht allerdings erst in zwei Stunden auf«, fügte sie noch hinzu. Also zuerst zur Bibliothek.

Gemütlich ging er zu der Haltestelle, bei der der Bus kurz darauf hielt. Er hatte keine Lust Herrn Dano für die kurze Strecke extra anzurufen.

»Guten Tag, ich bräuchte eine Tageskarte in die Innenstadt.«

»Tag auch«, sagte der Busfahrer drückte ein paar Tasten und das Gerät spuckte einen Fetzen Pappe aus. »Macht 2,10 Euro.«

Die Fahrt dauerte nicht lange und Leander stieg bei der winzigen Stadtbibliothek aus.

Als er hineinging, fiel ihm direkt eine dickliche Frau mit Hornbrille auf, die gerade ein paar Bücher sortierte.

»Entschuldigen Sie«, sagte Leander und die Frau drehte sich um.

»Hallöchen. Was kann ich für Sie tun?«

»Frau ...«, Leander riskierte einen Blick auf das schiefe Namensschild, »Frau Verilo – ich bräuchte Bücher über das Klostergebäude.«

Die Bibliothekarin runzelte die Stirn.

»Sie kommen nicht von hier, oder?«, fragte sie in einem merkwürdigen Tonfall.

Leander schüttelte den Kopf.

»Nun, ich bin Schätzer; ich soll das Kloster schätzen. Also ... haben Sie irgendetwas über das Kloster?«

»Lassen Sie mich mal überlegen«, sagte die Frau. »Hinten müsste etwas sein – schauen Sie mal. Gehen Sie ganz durch, da irgendwo.«

Leander hatte inständig gehofft, direkt zu den Büchern geführt zu werden. Einen Moment stand er noch da, wünschte sich, dass Frau Verilo seinen Wink richtig deutete, aber diese sortierte einfach weiter.

Er schlenderte nach hinten und durchsuchte das Abteil. Nach einigen Minuten hatte er zwei Bücher über das Kloster gefunden.

Mit einem Schreibblock bewaffnet ging er die ersten paar Seiten durch. Im ersten Buch schien es allgemein um die Geschichte der Umgebung zu gehen, allerdings war der Teil über das Kloster ausgesprochen umfangreich.

Ein paar Informationen bezüglich gewisser Materialien, die für das Fundament verwendet worden waren, konnte er notieren. Als er die ersten Jahrzehnte durch hatte, bemerkte er, dass einige Seiten herausgerissen worden waren. Verwirrt ging er mit dem Buch zur Bibliothekarin.

»Gibt immer wieder Vandalismus; danke, dass Sie es gemeldet haben«, sagte sie, war aber nicht irritiert oder überhaupt verwundert.

Das andere Buch schien sich vor allem mit der Klostergeschichte, insbesondere den Äbten und der sozialen Struktur im Kloster zu beschäftigen, doch als er zu den letzten zwanzig Jahren blätterte, waren mehrere Stellen geschwärzt. Alle bezogen sich auf den letzten Abt. Abt Benedikt.

Leander hielt es nicht für nötig, dies ebenfalls zu melden, es schien ja niemanden zu interessieren. Einige Randinformationen, die für die Schätzung relevant waren, konnte er trotzdem herausfinden. Er war tief in die Arbeit versunken und bemerkte erst gar nicht, dass er angesprochen wurde.

»Herr Tremens?«

Herr Dano war es. Verwundert schaute Leander zu ihm auf.

»Die Straßen sind früher frei als gedacht«, sagte er lächelnd. »Wir können gleich los, wenn Sie wollen.«

»Woher wussten Sie, dass ich hier bin?«

»Ich hab die Leute im Hotel gefragt.«

Leander notierte noch ein Detail, brachte dann die Bücher zurück und folgte dem Fahrer.

Der Weg zum Kloster war eine von Schlaglöchern übersäte Straße. Immer wieder klapperte es; die Stoßdämpfer funktionierten nicht wirklich.

Ganz bis zu dem Kloster fuhren sie nicht, sondern blieben bei einem behelfsmäßigen Parkplatz stehen, von dem ein Fußweg weiter nach oben führte.

»Ich bleib dann hier«, sagte der Fahrer und Leander war kurz irritiert; aber es machte Sinn – er war nur der Fahrer.

»Ich warte hier, kommen Sie einfach, sobald Sie fertig sind«, sagte er und zog ein Buch aus dem Handschuhfach: *100 Rezepte der portugiesischen Küche.*

»Ist spannender als man denkt«, sagte er lächelnd, als er Leanders Blick bemerkte.

Müde stieg dieser aus dem Wagen. Es waren von diesem Punkt aus keine fünf Minuten bis zum Kloster.

Die Sonne schien durch das lichte Blätterdach und wärmte seine Haut. Aus dem Kopfsteinpflaster brach stellenweise Unkraut. Die Natur holte sich den Ort zurück.

Das Gelände des Klosters war größer als er angenommen hatte; die Unterlagen waren diesbezüglich falsch, da war er sich sicher. Er musste wieder an das Leuchten denken, schob den Gedanken aber beiseite.

Es war seltsam still hier. Nicht die übliche Ruhe im Wald, sondern beinahe totenstill. Nur der Wind, der leise die Zweige bearbeitete.

Der Haupteingang war mit einer großen Kette verschlossen, aber Leander hatte von seinem Auftraggeber einen Schlüssel bekommen und öffnete das Schloss. Er stieß die schweren Ebenholztüren auf und trat in eine Art Vorhalle.

Oberflächlich gesehen war alles gut in Schuss – das würde den Preis in die Höhe treiben. Lächelnd betrachtete er die kunstvollen Verzierungen an den Wänden und trat tiefer hinein.

Er betrachtete gerade eine gemalte Bibelszene, als er plötzlich ein leises Geräusch hörte, das er nicht genau einordnen konnte. Fest stand allerdings: Er war nicht alleine hier. Ratten? Eine Angst beschlich ihn und für einen Moment wollte er direkt wieder verschwinden, doch für sowas war er zu alt.

Vorsichtig ging er in die Richtung, aus der er das Geräusch vermutet hatte, und sah dort Merlin auf einer steinernen Bank sitzen, eine Flasche Schnaps neben sich.

»Dass man sich so schnell wieder sieht«, sagte er lächelnd. »Was machen Sie hier?«

»Schätzen.«

»Ach, stimmt ja.«

Kurz entstand eine Stille.

»Wie kommen Sie hier rein?«

»Verrat ich nur, wenn Sie mich nich' verraten.«

Leander nickte.

»Eines der Fenster ist nicht richtig zu. Ich schlaf hier manchmal.« Er klopfte auf das Holz einer Tür, die direkt neben der steinernen Bank in die Wand eingelassen worden war. »Kleines Bett – keine Ahnung, wer da mal gepennt hat. In letzter Zeit bin ich nicht mehr so oft hier – man hört hier seltsame ... Geräusche.«

»Geräusche?«

»Manchmal sind hier nachts Leute – also nicht hier, sondern drüben im neuen Trakt.«

»Was für Leute?«

»Was weiß ich. Leute eben; kann dann nicht pennen. Gestern war es nur so schweinekalt im Bahnhof – manchmal stellen die da die Heizung nicht an. Interessiert ja keinen – doch mich, verdammt!«

»Was weißt du über das Kloster?«

»Na ja, ich kann dir zeigen, wo alles ist.«

Eine inoffizielle Führung durch das Kloster – warum nicht, dachte sich Leander.

»Bin erst seit zwei Monaten hier ab und zu, aber man findet schon so einiges.«

Leander nickte und folgte Merlin durch die verschiedenen Gänge. Die Schlafquartiere der Mönche, die Küche, zwei verschiedene Orte zum Beten, einige weitere Räume, die mittlerweile leer waren, weshalb nicht ganz klar war, wofür sie einst gedient hatten.

»Dann gibt's noch das Zimmer vom Abt – ist aber zu – genau wie der neue Trakt«, sagte Merlin, nachdem er ihm eine Statuette gezeigt hatte.

»Wo ist das?«, fragte Leander.

»Da drüben«, sagte Merlin und deutete an Leander vorbei. Dieser ging dorthin, versuchte die Tür zu öffnen. Abgeschlossen.

»Ist zu – hab ich doch gesagt. Vielleicht haben Sie ja den Schlüssel. Weiß ja nicht. Dort kann man vielleicht auch reinklettern – das Dach sieht irgendwie nicht vollständig aus. Gibt unten noch einen Keller und 'ne Bücherei vom Kloster.«

Er führte ihn nach unten, zeigte ihm den Keller und dann die Bibliothek, die zwar nicht mehr allzu viele Bücher enthielt, aber immer noch ein paar. Grob geschätzt waren es wohl zwanzig Stück, die einsam auf Regalen ihr Dasein fristeten. Nach kurzer Sichtung stellte sich heraus, dass sich sechs Stück direkt oder indirekt auf das Kloster bezogen.

»Danke Merlin«, sagte Leander und zog einen Fünfer aus seinem Geldbeutel, den er seinem Führer in die Hand drückte. Dieser war etwas verwirrt, aber bedankte sich direkt.

»Ich muss jetzt weiter«, sagte Leander. »Mach's gut.«

»Bis denne.«

Mit den Büchern unterm Arm verließ Leander das Kloster; schloss wieder ab. Zurück beim Wagen bemerkte er, dass der Fahrer in einer grotesken Haltung eingeschlafen war. Mit einem Klopfen weckte er den Fahrer auf, der ihn direkt hineinließ.

»Haben da ja reiche Beute gemacht«, sagte dieser und lachte wieder unangenehm schrill.

»Fahren Sie mich bitte zurück ins Hotel.«

Als sie dort ankamen und ausgestiegen waren, stand der Fahrer wieder in einer fordernden Pose da.

»Ich geb Ihnen die nächsten zwei Tage frei. Muss hier einiges sichten und ordnen.«

Das schien ihn noch mehr als den Fünfer beim letzten Mal zu freuen und so stieg er lächelnd zurück in den Wagen und fuhr davon.

Leander brachte die Bücher nach oben in das Zimmer und aß wenig später noch ein leichtes Abendessen. Ihm fiel auf, dass er mittags nichts gegessen hatte. Das Abendbrot und die warme Suppe taten ihm gut. Danach kehrte er zurück in sein Zimmer und legte sich schlafen.

Als er aus halben Träumen erwachte, war er froh den neuen Tag begrüßen zu können. Nach dem Frühstück blieb er – bis auf einige Zigaretten – den ganzen Tag über in seinem Zimmer und studierte die Bücher, die ihm weitere Informationen über die Struktur des Gebäudes gaben. Hier waren allerdings wieder einige Stellen geschwärzt, dennoch konnte er mehr über die Architektur und die verwendeten Materialien herausfinden. Zumindest im älteren Teil des Klostergebäudes. Der neue Teil wurde immer nur kurz angerissen – hier waren auch einige Seiten herausgerissen.

Auch der nächste Tag verlief auf diese Weise, bis auf die Tatsache, dass es nun Samstag war.

»Wann planen Sie eigentlich abzureisen?«, fragte der

Besitzer, als er die Abendsuppe brachte. Er hatte einen freundlichen aber durchaus bestimmten Ton in der Stimme.

Als der Besitzer die Schüssel abgestellt hatte, fiel Leander an der linken Hand des Besitzers ein Muttermal auf. Zu klein, um wirklich aufzufallen, aber zu groß, als dass man es dauerhaft übersehen könnte. Er sah schnell woanders hin, als er merkte, wie er den Besitzer für einen Augenblick angestarrt und ihm immer noch nicht geantwortet hatte.

Kurz sammelte er sich.

»Ich denke, ich werde nicht mehr lange brauchen, aber ein paar Tage sicher noch.«

Der Besitzer runzelte die Stirn, sagte aber nichts weiter.

Diesen Abend ließ er den Fernseher laufen und wurde wieder unsanft in der Nacht geweckt.

Technomusik wummerte aus den Boxen und eine Männerstimme sagte: »Diese perlenbesetzte Uhr müssen Sie unbedingt haben. Ein einmaliger Preis. Nur, ich wiederhole, NUR 80 Euro für dieses ganz besondere Schmuckstück!«

Dabei wurde eine riesige Nummer eingeblendet.

Und plötzlich wieder eine Bildstörung. Ein minimales Zucken.

Kopfschüttelnd schaltete er den Fernseher aus. Nun konnte er nicht mehr einschlafen. Genervt beschloss er eine Zigarette rauchen zu gehen und seine Gedanken ein wenig kreisen zu lassen, den Tag zumindest im Ansatz zu planen.

Als er leise die Treppe nach unten stieg, hörte er zwei Stimmen, die gedämpft sprachen. Er bekam nur einzelne Worte mit, aber es schien der Besitzer zu sein und eine weitere Stimme, die Stimme einer Frau, die er nicht identifizieren konnte.

»Muss verschwinden« – »Ich tu was ich kann« – »Er wird bald abreisen« und andere Satzfetzen drangen an Leanders Ohr, aber er konnte sie nicht direkt einordnen. Als er jedoch »verdammter Schätzer« vernommen zu haben glaubte, wurde ihm klar, dass es um ihn ging.

So leise wie er konnte, stieg er wieder nach oben und setzte sich auf das Bett. Was war los? Gab es irgendein Problem mit ihm?

Er wartete bis zu den Morgenstunden ab und ging dann hinunter, um zu frühstücken. Einen Augenblick lang dachte er daran, den Besitzer auf die Situation anzusprechen, aber er traute sich nicht.

Am frühen Nachmittag kam der Fahrer vorbei.

»Und? Vorangekommen?«, fragte er, halb neugierig, aber eher aus Nettigkeit.

Stumm nickte Leander.

»Dann wollen wir mal zum Kloster.«

»Nein, ich müsste erst zum Rathaus«, sagte Leander. Er hatte sich erst vor wenigen Sekunden dafür entschieden.

»Dann eben dahin.«

Das Rathaus lag etwas abseits vom Zentrum der Stadt, aber durchaus noch zugehörig. Es war eine kleine hässlich-moderne Einrichtung, ohne Charakter.

Der Fahrer blieb wieder im Wagen und las. Leander betrat das Gebäude. Ein junger Mann saß hinter einem Schreibtisch und bearbeitete ein paar Formulare.

»Ziehen Sie bitte eine Nummer, nehmen Sie Platz und warten Sie, bis Sie aufgerufen werden«, sagte dieser, ohne von seinen Blättern aufzublicken.

Weit und breit war niemand anderes zu sehen.

»Aber hier ist doch sonst keiner.«

»Ziehen Sie eine Nummer, nehmen Sie Platz und warten Sie, bis Sie aufgerufen werden«, wiederholte der junge Mann.

Das Kind mag den Geschmack von Macht, dachte Leander, zog kopfschüttelnd eine Nummer und setzte sich. Es war Nummer 2.

»Nummer 2«, rief der junge Mann, keine zwei Sekunden nachdem sich Leander gesetzt hatte.

»Guten Tag, mein Name ist Leander Tremens – ich suche Informationen über das Kloster, haben Sie Aufzeichnungen dazu hier?«

»Haben wir tatsächlich – aber ich weiß nicht, ob ich Sie herausgeben darf. Warum brauchen Sie diese?«

»Recherche, zwecks einer Schätzung.«

»Sie sind der Schätzer? Ach, so ist das«, sagte er betont beiläufig. »Einen Moment. Ich frage die Bürgermeisterin.«

Er tippte eine Nummer in sein Telefon, wartete einen Moment ab, legte dann aber direkt wieder auf.

Eine Frau kam aus einer Seitentür.

»Was ist los, Freddy?«

»Der Mann möchte ein paar Unterlagen über das Kloster.«

Irgendwie kam ihm die Stimme der Frau bekannt vor.

»Sind Sie der Schätzer?«

Leander nickte.

»Warum hast du Sie ihm nicht gleich gegeben?«

»Ich dachte ...«

»Ach, papperlapapp.« Sie wandte sich zu Leander. »Warten Sie einen Moment und entschuldigen Sie bitte meinen Sohn.« Die Bürgermeisterin verschwand hinter einer Tür und kam einige Minuten später mit ein paar Papieren wieder. »Ich hoffe, damit können Sie etwas anfangen.«

»Vielen Dank, aber kann ich das so mitnehmen?«

»Wo bin ich nur mit meinen Gedanken? Freddy – kopier das bitte.«

»Ja, mach ich.«

Während der Junge verschwand und das penetrante

Druckergeräusch gedämpft durch die Wand drang, fragte die Bürgermeisterin noch: »Wann planen Sie eigentlich abzureisen?«

Leander fiel auf, dass *sie* die zweite Stimme gewesen war, die er gestern gehört hatte, und zögerte deswegen.

»Die nächsten Tage, dachte ich«, sagte er zurückhaltend – es verunsicherte ihn noch mehr.

»Ich hoffe, Sie kommen gut voran.«

Nur einen Moment später kam ihr Sohn mit den Kopien zurück und drückte sie ihm in die Hand.

»Schönen Tag wünsche ich Ihnen noch«, sagte die Bürgermeisterin.

Leander verließ das Gebäude. Irgendwie erleichterte es ihn, dort herausgekommen zu sein.

»Jetzt noch zum Kloster?«, fragte Herr Dano.

»Nein, ich glaube nicht – fahren Sie mich bitte zurück ins Hotel«, erwiderte er.

»Das ging ja heute fix.«

»Morgen muss ich sicher nochmal zum Kloster.«

»Übliche Zeit?«

Leander nickte.

Wieder vergrub er sich in den neuen Texten; mehr über das Material, nun teilweise sogar ein paar Informationen zum Neubau. Die Beschreibungen waren zwar grob, schlossen aber trotzdem die eine oder andere Lücke.

Abends aß er wieder eine Suppe und legte sich dann schlafen.

Am nächsten Morgen wachte er mit Bauchschmerzen auf und fühlte sich fiebrig.

Beim Frühstück kam der Besitzer zu ihm und fragte: »Wie fühlen Sie sich heute, Herr Tremens?«

»Nicht gut – ich denke, ich habe mir eine Erkältung zugezogen.«

»Vielleicht sollten Sie nach Hause fahren – mit der Arbeit ein andermal weitermachen.«

»Das ist nicht möglich«, sagte Leander und schüttelte den Kopf. »Selbst wenn ich 40 Grad Fieber hätte, würde ich das hier beenden müssen. Meine Fristen sind meine Fristen.«

»Das können Sie sich doch nicht antun«, versuchte der Besitzer ihn zu überzeugen.

Leander hatte immer mehr das Gefühl, dass hier etwas gewaltig faul war und schob den vorhin frisch eingeschenkten Orangensaft von sich weg. Es war nur eine Ahnung, aber die ganze Sache irritierte ihn.

Er sagte dem Fahrer für den heutigen Tag ab und fragte ihn lediglich, ob er bei der Bibliothek nachsehen könnte, ob Zeitungsartikel über das Kloster gab.

Abends sah er wieder fern, diesmal kam es häufiger zu Bildstörungen, viel mehr als die letzten Tage. Immer wieder zuckte das Bild hin und her, weswegen er den Fernseher ausschaltete und sich ins Bett legte.

Am folgenden Tag wartete er nach dem Frühstück ungeduldig auf den Fahrer, der sich verspätete.

Während er bei geöffneten Fenster auf ein Motorengeräusch wartete, hörte er dumpf Stimmen. Er lehnte sich nach draußen, um die Leute etwas besser zu verstehen.

»Du musst nun wirklich abreisen.«

»Ich verstehe das nicht. Wieso kann ich nicht hierbleiben?«

»Bitte. Tu es für mich. In einer Woche sehen wir uns ja wieder.«

Es waren der Besitzer und seine Frau, die kurz darauf mit einer Tasche aus dem Gasthaus kam und zu einem Auto ging.

Es verwirrte ihn etwas, aber er wollte sich nicht einmischen.

Wo blieb nur der verdammte Fahrer?

Er ging zu der nächsten Telefonzelle und tippte die Nummer ein, die er auf einem Zettel notiert hatte.

»Wo bleiben Sie – Herr Dano, ich brauche Sie.«

»Oh, Herr Tremens.« Er machte eine kurze Pause. »Ich dürfte eigentlich gar nicht mit Ihnen sprechen.«

»Was reden Sie da?«

»Man hat mir Geld geboten, 'ne ganze Menge, damit ich Sie nicht weiter fahre und niemanden informiere.«

»Ich werde Beschwerde einreichen.«

»Es ist mehr als genug Geld. Ich habe schon zu viel gesagt.«

»Wer? Wer hat Ihnen Geld gegeben?«, fragte Leander mit bebender Stimme.

»Viel Glück noch«, sagte Herr Dano und legte auf.

Wer sabotierte die Unternehmung? Und warum?

Wütend ging er zu Fuß zum Kloster, es dauerte zwar seine Zeit, aber das war ihm egal. Schließlich erreichte er das Tor und wollte es mit dem Schlüssel öffnen. Er wühlte in seinen Taschen, aber konnte ihn nicht finden. Systematisch durchsuchte er die Taschen noch einmal. Er schüttelte den Kopf. Das war doch nicht möglich! Er wollte es nicht glauben, aber tatsächlich: Er hatte den Schlüssel vergessen.

Für einen Moment war er kurz davor loszuschreien, um die ganzen Widerstände der letzten Tage abzuschütteln. Diese ganze Unternehmung setzte ihm mehr und mehr zu. Er überlegte kurz und kletterte dann ungelenk durch das Fenster, von dem Merlin gesprochen hatte; es war glücklicherweise noch offen.

Er versuchte Merlin auszumachen, aber dieser war anscheinend nicht im Kloster.

Das Zimmer des Abtes war immer noch verschlossen, doch er versuchte, das Schloss irgendwie aufzumachen, bis er schließlich mit der Schulter gegen die Tür anrannte. Es passierte nichts. Beim zweiten Mal hatte er das Gefühl, dass sie leicht nachgab und beim dritten Mal splitterte das Holz. Er konnte hinein. Wenn er irgendwie weiterkommen wollte, dann nur auf diesem Wege.

Es roch modrig in dem Zimmer des Abtes. Fensterlos, winzig, aber durch die Tür kam genügend Licht herein, um den Inhalt des Raums oberflächlich durchzusehen.

Ein Bett, ein Regal, ein Schreibtisch. Das Regal war komplett leer und auch beim Bett fand er nichts; doch als er den Schreibtisch näher untersuchte, entdeckte ein paar Stöße Papier und ein ledergebundenes Buch – ein Tagebuch anscheinend.

Er verließ das Zimmer und setzte sich auf die Steinbank, um alles in Ruhe durchzulesen. Die Blätter beschrieben diverse Verträge und gaben genaue Auskunft über das Material und die Bauart des Klosters, was die Recherche deutlich vereinfachte. Die ersten Tagebucheinträge bezüglich des Baus unterstrichen die Informationen nochmal.

Doch dann wurde es seltsam. Verschiedene Einträge sprachen knapp von einem Widerstand innerhalb des Dorfes, dass die Leute den Anbau als falsch bezeichnet hatten.

Am 22. Juli 1991 war notiert worden:

»In der letzten Nacht ist wieder Material abhanden gekommen – ich beharre auf der Vermutung, dass es geklaut wird. Einige der Dorfbewohner verbreiten beunruhigende Geschichten, außerdem wird des Nachts immer wieder der Boden aufgerissen. Ich weiß nicht, weshalb die Anwohner den Neubau so sehr verachten. Wie Verrückte erklären sie nur immer wieder, dass dies der falsche Ort wäre. Mittlerweile verspüre sogar ich ein wachsendes Unwohlsein – auch wenn die Schuld dafür wohl den Leuten gegeben werden kann. Bezüglich dieser ist mir ein absonderliches Muster aufgefallen. Viele von ihnen tragen ein unförmiges, quaderähnliches Muttermal an ihrer linken Hand. Ich zog bereits die Möglichkeit inzestuöser Verhältnisse in Betracht, wodurch sich auch ihre eigensinnige Art und unmögliches Verhalten erklären könnten. Trotz der zahlreichen Rückschläge hoffe ich auch weiterhin, dass weitere Hindernisse vermieden werden können.«

Als Leander von den Muttermalen las, hatte er wieder das Mal an der Hand des Besitzers vor Augen.

Leander las sich immer tiefer in die Texte und die Zunahme der Feindlichkeit gegenüber des Abtes zeichnete sich deutlich ab. Dieser war anscheinend von weither hierher versetzt worden; die Gründe wurden nicht genannt. Diese Feindlichkeit schien allerdings schon länger bestanden zu haben, da zusätzlich auch noch einige Mönche das Kloster verlassen hatten, als der Abt eingesetzt worden war. Ein paar mehr, als die Pläne des Nebenbaus genauer wurden.

Am 26. Juli 1991 hatte der Abt geschrieben:

»Bedauerlicherweise hat gestern auch Bruder Benedikt das Kloster verlassen. Unsere Hallen werden immer verlassener und schon wieder mussten neue Arbeiter angeworben werden.«

Leander wollte weiterlesen, doch ein Geräusch unterbrach seine Lektüre. Irgendwo wurde eine Tür zugeknallt. Es war mittlerweile spät geworden und als er genauer hinhörte, konnte er draußen deutlich menschliche Stimmen hören. Stimmen, die er zum Teil aus der Stadt kannte. Er schlich wieder heraus, kletterte aus dem Fenster und sah blitzende Lichter im Inneren des Nebengebäudes, hörte monotone Wortfolgen in einer

Sprache, die er nicht kannte und je länger er hinhörte, desto unwohler fühlte er sich. Eine rhythmische Abfolge von prähumanen Sprachfetzen, die sich tief in seinen Kopf gruben.

Was war das? Irgendeine kranke Zeremonie?

Er wollte nachsehen, aber er wollte auch zurück zum Hotel, einfach weg, weit weg.

Weg von den monotonen Wortfolgen, weg von dem ganzen Geschehen. Er lief etwas abseits der Straße nach unten – niemand sollte ihn sehen. Am voll besetzten Parkplatz vorbei, weiter nach unten.

Dann sah er Autoscheinwerfer, anscheinend auch auf dem Weg zum Parkplatz. Er presste sich hinter einen der Bäume – tatsächlich beschlich ihn die Angst, dass er überfahren werden könnte, wenn man ihn bemerken würde – alles um ihn herum wirkte feindlich auf ihn. Einfach nur zurück zum Hotelzimmer, war sein einziger Gedanke.

Es dauerte einige Zeit bis er endlich unten ankam und sich durch die Straßen stahl. Er fühlte sich fremd, unerwünscht. Wie ein Eindringling.

Als er endlich im Hotel war, atemlos, weil er die meiste Zeit gerannt war und sich immer nur kurz versteckt hatte, ging er nach oben in das Zimmer. Er duschte – wollte den Dreck von sich waschen, rein werden.

Er wollte den Fernseher ein paar Minuten lang einschalten, nur um das Gefühl zu haben, irgendeine minimale soziale Komponente zu haben, irgendetwas das ihm eine andere – normale – Welt zeigte. Doch auf der Mattscheibe zuckte das Bild nur hin und her. Immer wieder sah er zum Kloster und konnte kurz Lichter dort sehen, auch über dem Gebäude flackerte es mehr als einmal.

Er schaltete den Fernseher aus, aber fand nur wenige Stunden Schlaf.

Schon bevor die Sonne aufging, wurde er wieder wach. Das Leuchten beim Kloster hatte aufgehört, der Fernseher hatte allerdings immer noch seine Probleme, als er einschaltete.

Er fuhr mit dem Lesen in dem Buch des Abtes fort.

»Heute stattete mir die Bürgermeisterin einen im höchsten Maße beängstigenden Besuch ab. Sie suchte mich auf um von einer Blutschande zu berichten und um mir zu erklären, dass ich mein Vorhaben aufgeben müsse, da es sonst Probleme bedeuten würde. Seit diesem Besuch kann ich das Gefühl nicht mehr abschütteln, dass ich mich mitten hinein in ein Nest voller Gefahren begeben habe. Ich fühle mich zwischen den Wänden unseres kleinen Klosters bedroht. Auch die Umgebung weicht immer mehr von der Norm ab. Ständig leuchtet draußen ein seltsames Licht auf, aber es ist mir unmöglich, dieses genauer zu beschreiben.«

Ein weiterer Eintrag vom 4. August 1991 folgte:

»Es schmerzt mich, die Leere dieses Gotteshauses mitansehen zu müssen. Mittlerweile haben fast alle Mönche mich verlassen und auch von den Arbeitern sind nur wenige geblieben.«

Am 5. August 1991:

»Soeben hat mir auch noch der letzte Arbeiter verkündet, dass er kündigt. So kann der neue Trakt nicht fertiggestellt werden.«

Ein Klopfen ertönte. »Herr Tremens?«
Langsam sah Leander auf, legte das Buch zur Seite, stand auf, lief zum Eingang und öffnete die Tür halb.
Vor ihm stand der Besitzer und lächelte. »Wollen Sie

nicht frühstücken?«

Ein seltsames Glitzern lag in seinen Augen. Auch fiel Leander wieder das Muttermal seiner Hand auf.

»Nein. Nein, danke.«

Eine kurze Pause entstand.

»Herr Tremens, ich muss Sie bitten heute abzureisen.«

»Aber ich bin noch nicht fertig.«

»Bitte. Sie reisen heute ab. Ist das in Ordnung?«

Leander schüttelte den Kopf. »Ich kann nicht.«

Der Besitzer griff zu seinem Portemonnaie und holte einige große Scheine heraus. »Ich will Sie natürlich abfinden. Das sind 400, 450 ... 500 Euro. Wegen Ihrer Unkosten.«

»Ich kann nicht, verstehen Sie?«

Mit einer Kraft, die Leander nicht vermutet hatte, packte der Besitzer ihn am Arm und zog ihn zu sich. »Gehen Sie. Gehen Sie auf der Stelle. Die anderen haben sich auch nicht so angestellt.«

Leander zitterte. »Ich mu...«

»Verschwinden Sie jetzt«, zischte er und Leander wurde klar, dass er wirklich gehen musste. »Nehmen Sie Ihre scheiß Sachen und verschwinden Sie!«

Leander tat, was ihm befohlen wurde. Er packte seine Sachen in den Koffer und ging, beobachtet von Herrn Idid, aus dem Gasthaus. Draußen standen mehrere Leute, Freddy, die Bürgermeisterin, die Bibliothekarin, der Busfahrer und auch andere seit Kurzem bekannte Gesichter konnte er entdecken.

Zwei Polizisten standen ebenfalls dort. Ihm blieb keine Wahl.

Einer der Polizisten trat vor. »Nehmen Sie am besten den Bus.«

Er zeigte in eine Richtung und Leander sah, dass dort das Fahrzeug stand, mit dem er auch zur Bibliothek gefahren war.

Der Busfahrer schritt schon darauf zu und stieg ein. Kopfschüttelnd folgte ihm Leander.

»Nächster Halt: Bahnhof«, verkündete der Busfahrer und sah ihn irgendwie mitleidig an. Leander bemerkte, dass auch der Fahrer das Muttermal hatte.

Stumm starrten ihnen die Leute hinterher, als sie den Ort in Richtung des Bahnhofs verließen.

Er fühlte noch immer wie die Blicke sich in seinen Rücken bohrten, selbst als sie das Bahnhofsgebäude erreicht hatten.

Man hatte ihn vertrieben.

»Der Zug kommt sicher bald«, sagte der Fahrer lächelnd und sah ihm noch hinterher.

Leander wartete bis der Bus verschwunden war. Dann war er allein.

Niemand war ihm gefolgt – zum Glück, dachte er und trat in das kalte Bahnhofsgebäude. Wieder die leeren Räume. Er ging direkt durch die Unterführung, auf sein Gleis. Nur ein einzelner Mann saß dort auf einer Bank und las ein Buch. Leander blickte kurz auf den Fahrplan und dann zur Bahnhofsuhr, die nur noch einen Zeiger hatte. Als wäre selbst die Zeit dem Ort fremd geworden.

»Entschuldigen Sie«, sagte Leander zu dem anderen Mann.

»Ja?«

»Wie viel Uhr ist es gerade?«

Er schaute kurz auf und dann auf seine Armbanduhr. »16:12 Uhr.«

Laut Fahrplan sollte der Zug um 16:22 Uhr einfahren.

Der Zug kam eine Viertelstunde später. Als er eingestiegen war, bemerkte Leander verwirrt, dass der andere Mann einfach aufgestanden und gegangen war. Und ihm wurde klar: Dieser Mann war nur da gewesen, um ihn zu beobachten. Irgendwie bereitete ihm die ganze Unternehmung mittlerweile eine solche Gänsehaut, dass er froh war, endlich weg zu sein.

Ihm fiel ebenfalls auf, dass er den Zimmerschlüssel noch hatte – in seiner Eile hatte er ihn nicht zurückgegeben und der Besitzer hatte es anscheinend vergessen. Irgendwie freute es ihn, dass der Besitzer dadurch ein paar Probleme haben würde.

Dieses verdammte Städtchen. Er hatte tatsächlich vor, nach Hause zu fahren. Zurück zu seinem Schrebergarten, zurück zu seinen Hunden Flecki und Happy. Dort wo die Welt noch in Ordnung war.

Doch dann bemerkte er, als er grob seine Aufzeichnungen durchsah, dass das Buch des Abtes fehlte. Es musste heruntergefallen sein – er wusste es nicht genau.

»Nächste Haltestelle Kussmaultal. Wir wünschen allen Fahrgästen, die hier aussteigen, noch einen schönen Tag.«

Es war der erste Bahnhof, nachdem er eingestiegen war.

Er packte seine Sachen, stieg hastig aus und rief ein Taxi zu sich.

»Ich müsste nach Niederbach.«

»Das geht nicht, nicht nach Niederbach«, sagte der Taxifahrer.

»Wieso? Warum?«, fragte Leander und war schon der Verzweiflung nahe.

»Niemand darf da gerade reinfahren, gibt so'n städtisches Verbot – vielleicht irgendein Dorffest oder sonst was. Keine Ahnung, kommt alle paar Jahre mal vor.«

»Nur zur Stadtgrenze, bitte – ich zahle das Doppelte.«

»Vergessen Sie's – wenn ich da reinfahr oder in Nähe, krieg ich Fahrverbot für Niederbach; das kann ich nich' riskieren.«

Der Taxifahrer kurbelte die Scheibe wieder nach oben. Leander spuckte auf den Boden und lief los.

Als er am Stadtrand ankam, sah er Merlin unter einem Baum sitzen.

»Dass man Sie auch mal wieder sieht«, sagte dieser, als Leander näher herantrat.

»Warum bist du hier – warst du nicht in der Stadt?«

»Man hat mir 'nen Hunderter in die Hand gedrückt, damit ich mich ein paar Tage verpiss – von einem Polizisten, muss man sich ma' vorstellen. Keine Ahnung, aber Geld ist Geld.«

Leander runzelte die Stirn. Warum mussten so viele Leute die Stadt verlassen? Was war der Zweck? Was wollten sie damit erreichen?

»Ich muss weiter«, sagte Leander.

»Wohl auch die Prämie abholen?«, sagte Merlin grinsend, während Leander schon weiterging.

Als die Stadt immer näherkam, wuchs sein Unbehagen. Es war zwar einiges an Zeit vergangen, aber es war immer noch hellichter Tag.

Er presste sich in eine Seitengasse, als der Bus vorbeifuhr. Er durfte nicht gesehen werden. Die ganze Stadt hatte sich gegen ihn gewandt, gegen *alles* Fremde. Auch wenn er nicht verstand, warum die Frau des Besitzers hatte gehen müssen.

Zögerlich betrachtete er das Gasthaus einige Zeit lang und stahl sich dann hinein. Weiter hinten hörte man leise Gespräche, aber er konnte ungesehen nach oben. Er wollte nur dieses Buch, die letzten Einträge. Gewissheit haben.

Die Tür war noch geöffnet und er trat ein. Das Zimmer war nicht weiter durchsucht worden – es sah aus, wie er es verlassen hatte. Am Boden lag das Tagebuch. Als er gerade danach griff, klappte die Tür seines Zimmers zu und er hörte ein Klicken.

»Sie sind krank! Wir haben wirklich alles versucht, verdammt!«, hörte er den Besitzer durch die Tür sagen. »Hoffen wir, dass es reicht, wenn Sie hierbleiben – es ist schon viel zu spät.«

Leander hörte, wie der Besitzer sich entfernte.

Kurz darauf versuchte Leander, die Tür mit dem Schlüssel wieder zu öffnen. Er hörte auch das Klicken, allerdings war die Tür von außen blockiert. Er drückte fest mit der Schulter gegen die Tür und warf sich einmal dagegen, dann nochmal und nochmal, doch bis auf eine schmerzende Schulter brachten ihm seine Bemühungen nichts.

Er war gefangen. Man hatte ihn eingesperrt. Er setzte sich aufs Bett, vollkommen desillusioniert. Er schaltete wieder den Fernseher ein. Irgendjemanden hören, wenigstens irgendetwas, aber es war nur noch eine einzige Bildstörung, nur noch Fetzen des Gesprochenen waren zu verstehen.

Das Einzige, was ihm blieb, war das Buch des Abtes, welches er weiter durchblätterte.

Am 9. August gab es einen Eintrag:

»Ich verbrachte die letzten Tage damit, mehr über die Situation dieses Dorfes in Erfahrung zu bringen. Mir wurde mehrmals von einer Art Kult berichtet, dem die meisten Bewohner verfallen sind. Dies scheint der Quell meiner bisherigen Probleme zu sein. Wiederholt riet man mir eindringlich, dass ich das Kloster ebenso verlassen solle, wie es die Mönche getan haben, wieder wurde von der Blutschande gesprochen, welche schon die Bürgermeisterin erwähnte. Außerdem wurde eine Ankunft extraterrestrischer Natur erwähnt. Dieses Dorf ist voller kranker, abstoßender Ideen.«

Der nächste Eintrag war auf den 10. August datiert:

»Angeblich soll es einen Stein geben, welcher auf eine mir noch nicht völlig klare Weise Teil dieser ganzen Angelegenheit ist. Diese Leuten wollen mich immer weiter verdrängen, ich bin mir sicher, dass sie allesamt dem

Wahnsinn verfallen sind. Trotzdem habe ich beschlossen, diesen Ort nicht zu verlassen. Ich kann unter keinen Umständen zulassen, dass der neue Trakt dieses heiligen Gebäudes durch die Praktiken dieses Kultes verunreinigt wird.«

Entsetzt las Leander die Zeilen. Der Abt schien die letzten Einträge in kurzer Zeit verfasst zu haben.

»Ich habe mich nun in meinem Zimmer eingesperrt. Ich werde nicht herausgekommen, bis sie ihre kranke Messe abhalten.«

»Teuflische Rituale, verwirrte Seelen, die vom Weg abgekommen sind. Sie werden sehen, dass ein Mann Gottes ihre Messe verhindern kann!«

Weitere Einträge gab es nicht.

Leander wurde klar, dass er sich nicht hätte so behandeln lassen dürfen. Systematisch hatten ihn diese Kultisten vertreiben wollen. Sie hatten ihn brechen wollen. Das Leuchten legte sich auf das Kloster und Leander ballte die Fäuste. Mittlerweile flackerte es ab und an. Es sah aus, als würde es an diesem Tag viel zu früh dunkel werden.

Er tat etwas, von dem er nicht gedacht hatte, dass er es jemals tun würde. Er öffnete das Fenster, kletterte vorsichtig auf das Vordach und sprang gut zwei Meter hinunter auf den Boden.

Dieses Ritual würde er unterbrechen, diesem seltsamen Treiben würde er ein Ende bereiten. Es war totenstill hier, sodass er sich vorsichtig wieder nach innen traute, um aus dem Küchenbereich ein Messer zu holen. Ein wenig Sicherheit.

Die Stadt war mittlerweile menschenleer und als er auf den Berg etwas abseits der regulären Wege schritt, wurden die monotonen Wortfolgen lauter und er hörte ein dunkles Summen in der Luft. Die Luft war hier schwerer zu atmen und ein dünner Nebel breitete sich weiter oben aus. Was war das? Mischten sie irgendeinen Stoff in die Luft? Nebelmaschinen?

Geduckt lief er schnell zu dem neuen Trakt aus dem das Leuchten und die prähuman anmutenden Wortfolgen kamen. Aus dem fehlenden Dach drang ein Schimmer, der alles in der Umgebung in eine seltsame Farbe tauchte. Er würde diese verdammte Zeremonie stören, er würde klarmachen, dass man ihn so nicht behandeln konnte. Die Hand auf dem Messer, als er die Tür zum Nebengebäude aufstieß und hineinging.

Überall standen Leute, starr im Kreis, ihre Worte rezitierend. Große Teile des Dorfes erkannte er wieder.

In der Mitte des Kreises lag ein glühender Stein in einer Mulde.

Erst wurde er gar nicht bemerkt, doch dann zeigte der Busfahrer auf ihn und rief: »Er ist noch hier!«

Die Leute drehten sich zu ihm um, unterbrachen aber nicht ihre Rezitation.

»Ich erledige das«, sagte der Besitzer. In dessen Augen lag unbändige Wut, als er auf Leander zutrat.

Er wollte schon das Messer packen, aber Herr Idid presste blitzschnell Leanders Arme an die Wand und machte ihn handlungsunfähig.

»HABEN WIR ES NICHT IM GUTEN VERSUCHT?«, schrie er ihn an.

»Dieser kranke Kult muss ein Ende finden! Hören Sie mit diesem Ritual auf!«

»Wie der Abt.« Der Besitzer schüttelte den Kopf.

Das Summen wurde lauter und der Besitzer fing an noch lauter zu schreien, damit Leander ihn überhaupt noch verstehen konnte.

»WIR HABEN ALLES GETAN, ALLES VERSUCHT!« Er warf ihn auf den Boden. »Es ist zu spät. Zu spät.«

Das Summen erlangte eine unglaubliche Intensität und auch das Leuchten wurde stärker.

»Euer kranker Kult! Das alles muss ein Ende finden!«, schrie Leander und der Besitzer lachte ein verzweifeltes Lachen. Hinter ihm konnte Leander sehen, wie sich das Leuchten nun auf einen Punkt konzentrierte.

Plötzlich war es ganz still.

Niemand rezitierte mehr.

»Weißt du, warum wir dich verjagen wollten? Nicht weil wir ein Kult oder eine Sekte oder sowas sind. Diese Ankunft ist *real*.«

»Warum? Was passiert hier?«

»Ich weiß es nicht, verdammt! Dieser Meteorit hat den ganzen Ort verseucht, das Blut der Leute, unsere Körper.« Er zeigte Leander das Mal. »Alle paar Jahre kommen sie wieder. Alle paar Jahre gibt es eine neue Ankunft. Es beginnt mit einer winzigen Störung im Fernseher, ein paar weiteren Störungen und dann wird klar, dass es bald wieder so weit ist.« Er ging näher zu ihm heran. »Wir wollten dir nicht schaden! Wir wollten dich retten ... aber es ist zu spät.«

Er stand wieder auf und Leander sah sich einer sich langsam formenden Gestalt gegenüber, die über dem Stein schwebte und entfernt einem Fötus ähnelte.

Leanders Gesichtsausdruck wurde immer entsetzter, als sich die Verwandlung des ersten Wesens dem Ende zuneigte und sich weitere Kreaturen herausbildeten. Die konkrete Form der Wesen wurde immer klarer.

Sein Blut, welches definitiv nicht Teil dieses Ortes war, hörte auf, in seinem Körper zu zirkulieren, und er spürte einen brennenden Schmerz in seiner Brust.

Leanders Augen weiteten sich noch ein einziges Mal, als eines der Wesen ihn direkt ansah und er spürte, wie seine Haut und sein Fleisch in Zeitraffer zerfielen.

Danksagung

Danke an Devon für die extrem schnelle Korrektur aller Geschichten!

Danke auch an Zoë Achilles, die bei Kloster Co-Autorin war. Sie hat ebenfalls Kino korrigiert.

Kjartan A. hat damals Kloster korrigiert. Danke auch dafür!

Außerdem danke ich meiner Verlobten Luca, die das fantastische Cover gemacht hat und mich in allen Bereichen unterstützt!

Ich danke weiterhin meiner Familie und all meinen Freunden.

Und Grüße an Hans!

Nachwort

Dieses Buch, *Asche*, enthält fünf Geschichten, die ich zu dem fünfjährigen Bestehen von *Weltenbruch*, meinem YouTube-Kanal, ausgewählt, überarbeitet und nun veröffentlicht habe. Sie spiegeln mein Schaffen gut wider und gehören zu meinen besten.

Über 100 Kurzgeschichten sind mittlerweile für diesen Kanal von mir geschrieben und eingesprochen worden und es werden sicher noch 100 mehr und dann nochmal 100 mehr.

Ohne diesen YouTube-Kanal hätte ich wahrscheinlich nie gewusst, wie ich das Schreiben auf die nächste Stufe bringen soll und zumindest einen Teil meines Lebensunterhaltes damit verdienen soll. Aber auch das Schreiben hat sich durch die Routine mit den Jahren immer weiter verbessert.

Danke an alle Zuhörer und Leser an dieser Stelle, die dieses Buch gekauft, geliehen oder geklaut haben.

Ich möchte am Ende dieses Buches über dieses Buch hinaus ausdrücklich Devon danken. Die Freundschaft und Zusammenarbeit hat uns beide weiter gebracht, als wir es je hätten alleine schaffen können.

Autor

Daniel G. Spieker. Schreibt und spricht.
Macht auch andere Dinge. Viel zu viele.

Projekte und Informationen:
weltenbruch.de
youtube.com/Weltenbruch
smokesomefrogs.com

Kontakt und Anregungen:
sprech@weltenbruch.de

Weitere Bücher:
Ausgelöscht
Ein gutes Leben
Restmensch

Auszug aus Restmensch

»Hast du noch eine Zigarette?«

Eine habe ich noch. Ich gebe sie ihr.

»Danke.« Sie zündet sich die Zigarette an. »Warum bist du hier?«

Ich zucke mit den Schultern.

»Warum du?« Ich drehe mich zu ihr.

»Mord.« Keine Übertreibung in der Stimme.

»Ich habe niemanden umgebracht«, entgegne ich.

Sie nickt. »Das ist gut ... Seit wann bist du hier?«

»Ein paar Tage.«

»Ich bin schon so lange hier ... und ich habe diesen Platz hier erst vor einigen Wochen gefunden. Seitdem komme ich jeden Tag. Und du findest ihn direkt.«

»Er war nicht wirklich schwer zu finden.«

»Für dich vielleicht nicht.« Sie schaut lange ins Leere. »Manchmal glaube ich, dass es ... dass das hier der letzte Ort ist. Das ist der Endpunkt. Da draußen gibt es nichts mehr.«

?